宿神《しゅくじん》

第一巻

夢枕獏

朝日新聞出版

宿神　第一巻／目次

装画／飯野和好
題字／岡本光平
装幀／菅渉宇（スガデザイン）

宿神　第一巻

願はくは花のしたにて春死なんそのきさらぎの望月のころ

序《じよ》の巻《まき》　精霊の王

事はてて人々出《い》でて後、夜に入りて、その事を記せんと燈台《とうだい》をちかくよせ、墨をする時、棚に置くところの鞠《まり》、前にまろびて落ちきぬ。

あやしうやうありとおもふほどに、顔《かほ》人にて手足身は猿にて、三、四歳なる児《ちご》ほどなるもの三人、手づから舁《か》ひて鞠のくくりめをいだきたる。

あさましと思ひつつ、

「なにものぞ」

とあらく問へば、

「御鞠《おんまり》の性《しやう》なり」

とこたふ。

「昔よりこれほどに御鞠このませ給《たま》ふ人、いまだおはしまさず。千日のはてて、さまざまの物給はりて、悦《よろこ》び申さんと思ひ、また身のありさま、御鞠の事をもよくよく申さん料《れう》に参りたり。おのおのが名をも知ろしめすべし。これを御覧ぜよ」

とて、眉にかかりたる髪を押しあげたれば、一人が額《ひたひ》には春楊花《しゆんやうくわ》といふ字あり、一人が額に夏安林《げあんりん》といふ字あり、一人が額に秋園《しうをん》といふ字あり。

文字、金の色なり。

「侍従大納言成通《なりみち》の鞠は凡夫の業に非《あら》ざる事」

――『古今著聞集』

（一）

少年が鞠を蹴《け》っている。

ただ独りである。

歳《とし》の頃なら十《とお》ばかりであろうか。

長い髪を後ろで束ね、白い狩衣《かりぎぬ》を着ている。

足に履いているのは、沓《くつ》と韈《しとうず》を縫いあわせた鴨沓《かもぐつ》である。

美麗な少年であった。

肌の色が白い。

それも、ただ雪のように白いのではない。そのすぐ内側の血の色が、ほんのりと透けて見えている。たとえて言うなら、桜の花びらのような白さである。

この世のものではないようであった。

眉は、濃い。

瞳は黒く、大きかった。

鼻筋が通っていて、唇は紅をさしたように紅《あか》い。

小さな社《やしろ》の前であった。

社の横手から、大きな桜の古木が生えている。

満開の桜であった。

まるで、果実の如《ごと》くに、花びらがたわわに実っている。その重さで、枝が下がっているように見える。

髪の毛一本を揺するか揺すらぬほどのわずかな微風に、花びらがしずしずと枝から離れてゆく。

夕刻――

じきに没しようとしている陽《ひ》の光が、横から少年と桜にあたっている。

その陽光の中に、鞠があがる。

桜の花びらが散る。

少年の足元の黒い土の上には、雪のように花びらが積もっていた。

花びらは散り続けているのに、見あげれば花はいくらも減ったようには見えない。

桜は、無限に散り続け、無限に咲き続けているようであった。

鞠があがる。

右足、左足と前に踏み出し、右足で落ちてきた鞠を受ける。

小さくあがった鞠を、次には軽く上に蹴りあげて、三度目にはさらに高く蹴りあげる。

少年は、さきほどからその同じ動作を繰り返し続けている。

まだ、鞠は一度も地に落ちてはいなかった。

南東に、陽光に赤く染まった龍門山《りゅうもんざん》が見えている。

その下を、東から西へ、紀ノ川が流れている。

遠く吉野から流れてくる川だ。

少年が鞠を蹴っているのは、川岸の、小高い丘の上だ。

川の面《おもて》が、暮れてゆく空の色を映して、銀色に光っている。

少年の白い額には、薄く汗が浮いていた。

そこに、髪の毛が一本、二本、張りついている。

髪には、三枚、四枚、桜の花びらが付いていた。

蹴り続けるうちに、陽が隠れた。

龍門山の頂あたりに、陽光はわずかに残っているだけだ。

社の陰や、木の陰。石の陰や落ち葉の陰から、夜の闇がゆっくりと這《は》い出てくる。

「オウ」

「ヤカ」

「アリ」

鞠を蹴るたびに、少年は、口の中で小さく呪文のように声をあげる。

「オウ」

「ヤカ」

「アリ」

そのうちに、龍門山の頂に残っていた陽光も天へ逃げた。

すでに、闇の方が濃くなりはじめている。

それでも、まだ少年は鞠をあげている。

明かりは、わずかに天に残っているだけだ。

星が、ひとつ、ふたつと数を増してゆく。

その天の明かりと星の明かりを桜が吸って、仄《ほの》かに花びらが光っている。

その桜明かりの中に、鞠があがる。

鞠が落ちてくる。

鞠を蹴る。

金の糸がきらきら光る。

少年は、それを繰り返し続けている。

少年は、恍惚《こうこつ》となっている。

その双眸《そうぼう》に、桜が映っている。

ひしひしと、闇の中に何かが満ちてくる。

見えぬなにものかが、少年の周囲に集《つど》うているようであった。

何かの気配のようなもの。

誰かが、声なき言葉を囁《ささや》いているようでもあった。

声なき声――

桜の花びら一枚ずつが持つわずかな気配が、無数により集まって、ひとつの気配として凝《こ》ったような――その気配を、耳で聴いているような。

鞠があがるたびに、
おう……
その気配がざわめく。
賛嘆の声のようでもあり、哀《かな》しみに満ちた声のようでもあった。
蹴り続ける。
落ち続け、あがり続ける。
咲き続け、散り続ける。
繰り返し、繰り返し、繰り返し続ける。
生成し、消滅し、また生成する。
大黒天の舞踊——
おう……
寿《ことほ》ぎの声があがる。
おう……
哀《かな》しみの声があがる。
袈裟男《けさお》よ……
その声なき声が、少年の耳に届いたのか。
少年の足が、わずかに乱れた。
足に、力がこもった。
少年は、これまで以上に、高く鞠を蹴りあげていた。

鞠が、虚空に高くあがった。

少年は、大きく足を踏み出して、鞠を追った。

鞠は、落ちてこなかった。

いくら足を乱したといっても、鞠の落ちてくる間《ま》はわかる。

鞠が落ちてくるであろう場所に足を運んで、鞠が落ちてくるのを待ったのだが、鞠はいつまでたっても落ちてこなかった。

どこか、別の場所に落ちたのか。

それならば、落ちた時に音がするはずだ。

桜の枝にひっかかっているのか。

それにしても、音が聴こえるはずであった。

その音が、ない。

鞠が、闇の天に消えてしまった。

少年は、そこに立ち続けた。

すでに、夜となっていた。

桜の花びらが、あとからあとから落ちてくる。

ふいに、強い風が吹いてきた。

少年の髪が、風に巻きあげられる。

ざわり、
と、少年の頭上で大きく桜の枝が揺れ、花びらがいちどきに枝から離れた。

幾千、幾万もの、夥《おびただ》しい数の花びらが、夜の虚空に舞いあげられてゆく。

風は、そのほんの一瞬だけで、すぐに吹きやんだ。

あとは、もとのように桜の花びらが音もなく散るだけである。

少年は桜を見あげた。

その枝の向こうの天に、いつの間にか、丸い月が出ていた。

望月《もちづき》であった。

天へ消えた鞠が、そこで月に変じてしまったようであった。

少年は、月と桜を見あげながら、そこに立ち尽くした。

(二)

女は、箏《そう》を弾《ひ》いている。

箏の琴——

夜。

燈台《とうだい》に、灯火がひとつだけ点《とも》っている。

風はないが、冬の外気がそのまま入り込んでくる。

傍《かたわ》らに置かれた火桶《ひおけ》の中で、炭が赤あかと燃え、その燃える炭の匂《にお》いが空気の中に満ちている。

その火桶の熱も、寒気を和らげてはいなかった。

女は、その火桶に手をかざしもせずに、箏を弾き続けていた。

絃《いと》を弾《はじ》く指先が、蠟《ろう》のように白くなっている。

唇は、ふっくらとして赤い。

髪が結いあげられているため、項《うなじ》が見えている。眸《め》は、やや切れ長だが、その瞳の色にも唇にも、まだ、童女《どうじょ》のようなあどけなさが残っている。十七歳という年齢よりも、五歳は若く見える。

しかし、その全身から立ち昇ってくるのは、不可思議な色香であった。

あどけなさの残るその瞳の色と唇が、同時に、曰《いわ》く言い難い媚《こび》のようなものを含んでいるのである。

竹の爪《つめ》で、絃を弾く時の仕種《しぐさ》、指の動き。

首の傾け具合。

腕の伸ばしかた。

視線の位置。

頸《くび》の長さ。

項にほつれた髪。

呼吸。

いずれもが、妙になまめかしい。

しかし――

その色香にしても、媚にしても、人の生身の肉体が生理的に持っている独特の匂いのようなものがない。そのいずれもに、不思議な透明感があるのである。

例えて言うなら、それは、ある種の仏像が持っているなまめかしさに似ているのかもしれなかった。

むろん、本人は、自分の肉体が放っているその色香に気づいていない。気づいていないからこそ、あどけなさがまだ消えずにそこに残っているのであろう。

女は、ただ一心に、筝を弾いている。

すでに、昼のうちに、大納言藤原公実《きんざね》、中納言源顕通《あきみち》たちが白河殿に集い、勧盃《かんぱい》をすませていた。

その後、日が暮れてからの著裳《ちゃくも》の儀《ぎ》も終わっている。そのおり、裳の引腰《ひきごし》を結んだのは、皇后の令子《れいこ》内親王《ないしんのう》であった。

後は、入内《じゅだい》だけが残っている。

その儀に入る前の時間、女は、自ら独りになって、筝を弾いているのである。

白河殿——

女の前には、夜の庭が見えていた。

正面の奥に、松の古木があった。

白河殿を建てる前から、もともとそこに生えていた松である。

庭には、しんしんと青い月光が注いでいる。

松の幹や、庭石が、月光を浴びて、青い朧《おぼろ》な燐光《りんこう》を帯びているように見える。

ほろほろと、月光の中に、光る玉《ぎょく》のように筝の音《ね》がこぼれ出てゆく。

その音のひとつずつが、月光の中で薄青く微光《びこう》を放っているようであった。

一見は同じように見えるその色が、わずかながら、ひとつずつ違って見えるのは、女が絃《いと》を弾《はじ》いたそのおり毎《ごと》の心の色が、それぞれに映っているからであろう。

音の余韻が残っているうちは、まだその光も残っているが、余韻までが月光に溶け、音が消えるのと一緒に、その色も月光に溶けて消える。

女が弾いているのは「想夫恋《そうふれん》」と呼ばれている曲であった。

唐から渡ってきた、妻が夫を恋う曲だと言われている。

女は、いったい、誰《たれ》を想《おも》うているのか。

その女の奏でる箏の音に誘われるように、庭の暗がりの中に、何かの気配が集まりはじめていた。

月光の中に溶けてゆくその音の余韻を食べながら、その気配は、少しずつ増殖してゆくようであった。

その増殖してゆくものが、闇の中で、ひそひそと声にならぬ声で、会話を交わしている。

絃が震える毎《たび》に、
おう……

と、気配がざわめく。

いたわしや……

いとおしや……

女の指が動く。

絃《いと》が鳴る。

おう……

女の赤い唇が、固く結ばれていた。

頬《ほお》が青い。

絃が震える。

寿《ことほ》ぎの声があがる。

おう……

哀《かな》しみの声があがる。

おう……

袈裟女《けさめ》よ……

その声なき声が、女の耳に届いたためかどうか。

箏の音《ね》が乱れていた。

これまでよりも、強い力で、指が絃を弾いていた。月光の中に浮くその音の玉《たま》が、乱れ、色を変える。

大小の玉がでたらめに宙に生じ、跳ねる。

女の赤い唇の間から、食い縛った白い歯が覗《のぞ》いていた。

女の動きが大きくなった。

灯火の炎が、揺れる。

女が、狂おしく首を左右に振りはじめていた。

箏から生まれてくる音は、もう、曲の体《てい》をなしていなかった。

その音は、もちろん、離れた場所で、女の様子をうかがっていた者たちの耳にも届いていた。

「どうなされたのじゃ」

「姫の弾かれる箏がおかしくなられたぞ」

慌てた女房たちの声が近づいてくる。

女は、すでに、箏を弾いていなかった。

絃を拳で叩《たた》いている。

女の眸からは、涙がこぼれていた。

「いやじゃ」

女は声をあげた。

「たまこは、ゆかぬぞ」

叫んだ。

「たまこはどこへもゆきとうはない」

女は、泣いていた。

そこへ、ふたりの女房が駆け込んできた。

「たいへんじゃ」

「姫さまに、もののけが憑《つ》かれたぞ」

ふたりの女房は、女を、左右から抱きかかえるようにして、箏を叩いている手の動きを止めた。

「姫さま」

「お気を確かに――」

白河殿の奥に夜具が敷かれ、女はそこに寝かされた。

この時、白河殿にいたのが、法勝寺の権僧正《ごんのそうじょう》である行尊《ぎょうそん》であった。

行尊は、白河《しらかわ》法皇、鳥羽《とば》天皇の護持僧《ごじそう》である。このふたりのために、常に近くにあって、何かあれば祈禱《きとう》をしたりするのが役目であった。

さっそく、白河法皇によって、行尊が呼ばれた。

女の容態を診て、

「もののけにございます」

行尊は言った。

「物憑《ものつ》きを呼び、その者に、たまこさまに憑いたもののけを移して祓《はら》いましょう」

〝物憑き〟

というのは、もののけを憑かせるための人間のことである。あるいは、もののことだ。

誰かにもののけが憑いた時、そのもののけを追い出して、別の人間かものに憑かせる。そのおりに使われる人間やものが、〝物憑き〟ということになる。

ひとりの女房が呼ばれた。

その女房は、女が横になっている枕元に座した。

女房は、眼を閉じ、両手を合わせた。

「だいじょうぶか、行尊。たまこはだいじょうぶか――」

白河法皇は、おろおろとするばかりである。

「やってみましょう」

行尊は御簾《みす》の手前に座し、床に炉《ろ》を置いて、そこで、護摩《ごま》を焚《た》き、経を唱えはじめた。

女が、夜具の中で身をよじりだした。

同時に、〝物憑き〟の女房の身体《からだ》が震えはじめ、唇から呻《うめ》き声が洩《も》れた。

いよいよ大きな声で、行尊が読経する。

女房の身体は、いまや大きく前後左右に揺れだしている。

そのうちに、〝物憑き〟の女房が、ばったりと前に倒れて動かなくなった。

女が夜具の中で、眸を開いた。

「すみました」

行尊が言うと、

「たまこや、たまこや」

白河法皇が、御簾を撥《は》ねあげて、その中に飛び込んでいった。

憑きものが落ち、女——璋子《たまこ》はその夜のうちに、鳥羽天皇のもとに入内していったのである。

巻《まき》の一　守宮神《しゅぐうじん》

（一）

雑踏と喧噪《けんそう》の中を歩いている。

東市《ひがしのいち》は、人でごったがえしていた。

あちらこちらで、物売りの声があがっている。

青菜が溢《あふ》れるほど盛られた笊《ざる》や籠《かご》が並び、その横では、干魚が売られている。

生活必需品の米、塩、糸、針、菲《わらぐつ》や油を売る者もいれば、漆器や木器、金器も売られている。太刀や弓、箭《や》などの武具、鐙《あぶみ》、馬もそこでは商われていた。

帯、布、沓《くつ》、薬や玉《ぎょく》、墨、筆まで、ないものはないといっていい。

広場に立って、経を読みながら布教している僧の姿もあった。

そのざわめきが、佐藤義清《さとうのりきよ》には心地よかった。

「あれは駄目だな」

傍《かたわ》らを歩いていた平清盛《たいらのきよもり》がつぶやいた。

清盛は、長身であった。

義清も、丈《たけ》はある方であったが、清盛ほどではない。この衆《しゅう》の中にあって、清盛は、頭ひとつ高い。

「何が駄目なのだ」

義清は訊《たず》ねた。

「あの坊主だ」

清盛は、尖《とが》った顎《あご》をしゃくってみせた。

「坊主がどうした」

「誰《たれ》も聴いてはおらぬ」

清盛の言う通りであった。

市の中を歩く者たちは、ほとんど、その僧の前を素通りしてゆく。

僧は、しきりと説法しているのだが、その声が耳に届いていないかのようである。たまに立ち止まる者がいても、すぐにまた足を踏み出して、そこを去ってゆく。

「あれは、己の満足のみじゃ」

吐いて捨てるように、清盛は言ってのけた。

「人を仏の道に誘うのなら、もっと他の方法もあろうに――」

「どんな方法じゃ」

「銭《ぜに》をばらまけばよい」

「銭?」

「銭じゃ」

きっぱりと清盛は言った。

清盛の唇に、ふてぶてしい笑みが浮いていた。

「よいか、義清よ。そもそも、僧たるものの務めとは何か――」

問うておきながら、清盛は義清の返事を待たずに、

「仏の教えを広めることではないか」

自ら答えていた。

「うむ」

義清は、うなずくより他にない。

「ならば、道往《ゆ》く者たちに、銭一枚も与えて、己の説くところを聴かせればよい。それなれば、あの者たちも、足を止めて聴くであろう」

「しかし――」

そこまで言って、義清は言葉を続けることができなくなってしまった。

自分の心のうちに浮かんだ思いを、どう清盛に語ったらよいのかわからなかったからだ。

〝それは、少し、違うのではないか――〟

何がどう違うのか、うまく言葉にはできないが、そんな気がする。仏法を人に説くというのは、そういうものではないのではないか。

しかし――

「その銭はどうするのだ、清盛よ――」

心に思っていることとは違うことを口にした。

「銭など、あるところにはあるものだ」

清盛は言った。

「そこから銭を調達すればよいではないか——」

平氏は、宋《そう》との交易で、かなりの金《かね》を得ている。その御曹司《おんぞうし》らしい清盛の言葉であった。

「そこ？」

「寺を建てたり、仏像を作らせたりする銭を、人の心を買うのにまわせばよい——」

自分に、銭をよこせと言っているような口調であった。

〝そこ〟について、清盛は口にしなかったが、何のことかは、義清にはわかっている。

鳥羽《とば》上皇の懐のことである。

「いっそ、剣を突きつけて、我が説法を聴けと迫るか——」

清盛は、声をあげて笑った。

笑いながら、もう、雑踏の中を歩き出している。

はぐらかされた。

清盛という男、妙な魅力がある。

その時、前方で、わっ、とどよめきの声があがった。

すぐ先に、人だかりがある。

大きな松が、その人だかりの向こうに見えていた。その松を、半円形に取り囲むように、人が集まっているのである。

声は、その人だかりからあがったものらしい。

「義清、どうだ」

何事であるのか、それを見にゆこうと清盛は言っているのである。

「うむ」

と義清はうなずいたのだが、それを待たずに、すでに清盛はその人だかりに向かって足を踏み出していた。

清盛と義清が背後に立つと、自然に人だかりが割れた。その割れた人だかりの中へ、悠々と清盛が入ってゆく。

清盛が身に纏《まと》っているのは、汚れもほつれもない白い水干《すいかん》であった。頭には折烏帽子《おりえぼし》を被《かぶ》り、水干袴《ばかまは》を穿《は》き、足には沓《くつ》を履いている。

腰に佩《たずさ》えているのは、大ぶりの野太刀《のだち》である。

その後方に続く義清が着ているのは、藍摺《あいずり》の水干であった。

その水干に、義清は白檀《びゃくだん》を焚《た》き込んでいる。熱することなく香ることから、仏像の材にも使われるのがこの白檀である。

清盛の気配に左右に割れた群衆が、次に気がつくのが、その白檀の匂《にお》いであった。

その香りに驚いて眼をやると、清盛の後ろからやってくる義清の姿が眼に映る。

淡《あわ》あわとした甘やかで涼しげなその薫風《くんぷう》を纏って、義清が歩いてくる。女と見まごうばかりの姿であった。

肌は白く、唇は紅《あか》い。

義清が腰に佩《は》く細太刀《ほそだち》の鞘《さや》は、紫檀《したん》に黒漆を塗り、螺鈿《らでん》文様を入れたものである。そこに、さらに金細工が施してある。

どこぞの美しい白拍子が、男のなりをして現れたのかと思えるほどであった。

「放下師《ほうかし》か――」

人を分けて、先に人だかりの前へ出た清盛が言った。

松の樹《き》の根元に、筵《むしろ》が敷かれ、そこに、粗末な小袖を着た、二〇《はたち》歳ばかりと見える男が座していた。

男の後方――松の手前の左右に一本ずつ木の棒が立てられ、その棒から棒へ、一本の竹竿《たけざお》が渡されており、その竹竿からも、筵が下がっている。

男の左横に、目のつんだ大きな籠が置かれていて、その上から、大きな赤い布が被せられていた。

座した男の前――つまり、男と見物客との間に、木を組んで作られた台が置かれ、その上に、筒形の籠が横たえられている。

長さが三尺(約九十センチ)ほどの、底のない籠だ。

その台の傍らには、太さの異なる同じ長さの筒籠《つつかご》がふたつ、立てて置かれている。

いずれも、台の上に横たえられている筒籠よりも太い。

筒籠が置かれた台の横に、十三、四歳ほどと思えるひとりの少女が立っていた。

少女は、竹籠を見つめながら、静かに呼吸を整えていた。

「籠抜《かごぬ》けか」

清盛の横に並んだ義清が言った。

籠抜けというのは、この頃、蜘蛛舞《くもまい》と呼ばれていた軽業《かるわざ》の中の出しもののひとつである。

台の上に置かれた底のない筒籠を、跳んでくぐる。

そういう芸があったのである。

「これが、三本目というところだな」

清盛が言った。

太い籠からくぐりはじめ、ようやく今、最後の一番細い籠を、これからくぐろうとしているところらしい。

さきほど聴こえたどよめきは、少女が、二番目の籠をくぐった時のものであろう。

籠の太さは、見たところ、およそ一尺三、四寸——見世物としてやっている以上は、もちろんくぐることができるのであろうが、それにしても難しそうである。輪ならともかく、少女がくぐろうとしているのは、筒であった。

少女は、髪を束ねて後方に下げている。

眸《め》の澄んだ、面だちの美しい少女であった。

ふいに、少女が走りだした。

白い素足が一歩、二歩、三歩と地を踏んで、四歩目で地を蹴《け》った。

両手を前に伸ばし、少女は頭から籠の中に飛び込んでいた。

少女の身体《からだ》が、するりと籠を抜けて、猫のように宙で一転した。

少女は足から、籠の向こう側の大地に下り立っていたのである。

見物客の間から、どっと大きな歓声があがった。

「なかなかみごとな技《わざ》じゃ」

清盛がつぶやいた。

と――

それまで筵の上に座していた男が、ゆらりと立ちあがった。

台の上に載せられた、籠の前まで歩いてくると、そこで立ち止まった。

見物人たちに、男はうやうやしく頭を下げてみせ、

「これなる技は、多くの放下師のするところにござります」

浅黒い顔をあげ、にこやかな笑みを浮かべて言った。

猿に似た顔であった。

「しかし、次なる技は、我らの工夫にて、唐天竺《からてんじく》を捜しても、我ら以外に、なす者はおりませぬ」

この口上のうちに、少女は、またもとの位置にもどっている。

男は、その左右の腰に、一本ずつ、朱鞘《しゅざや》の小刀を差していた。右手と左手で、男はその小刀の柄《つか》を握り、同時にすらりとひき抜いた。

「わたくしが両手に握りましたのは、刀には非《あら》ず。虎の牙にござります」

そして男は、なんとその二本の小刀の切先《きっさき》を、籠の上部の左右から、中へ向かって突きたてたのである。

刃は、入り口――少女が頭から飛び込んでくる方へ向けられていた。

「名づけまして、虎の顎《あぎと》くぐりにござります――」

それを聴いて、見物人たちがざわめいた。

男は、また頭を下げ、そのまま後方に、二歩、三歩、と退《さ》がり、座らずにそこに立った。

少女は、笑みを浮かべて、籠と、そこに突きたてられた刃を見つめている。その眸が、きらきらと光っていた。

少女――娘は、籠を見つめながら、呼吸を整えている。

息を吸って、吐く。

息を吐いて、吸う。

正面から見れば、籠の口の中に、虎の牙の如《ごと》くに、こちらを向いた二本の刃が見てとれるであろう。

その長さ、およそ二寸（約六センチ）。

いくらその娘が小柄であるとはいえ、刃に触れれば、その肌も肉も切り裂かれる。たとえ、棒か何かを代わりに差して稽古《けいこ》をしていたとしても、いざ本物の刃を使うとなれば、緊張して、常にできることができなくなる。

わずかでも、身のこなしが狂えばそれまでだ。

娘の腕にも、脚にも、無駄な肉はない。

脛《はぎ》の肉もすっきりとしなやかに伸びている。

娘の足が、地を蹴った。

走り出した。

跳んだ。

みごとに娘の身体は虎の顎《あぎと》をくぐり、向こう側へ抜けて、地に降り立っていた。

さきほどに倍する歓声とどよめきがあがった。

見物人も、倍近くになっている。

小銭が飛んだ。

敷かれた筵の横に置かれている笊に、干し魚や、米、買ったばかりの青菜を入れる者もいた。

地に落ちた小銭を、まだ、娘も男も拾わない。

歓声の中で、男は笑っていた。

笑うと額と眼の周囲に皺《しわ》が生まれ、猿のような顔になった。

笑みを消さぬまま、男は懐に手を入れ、何かを取り出した。

一瞬、義清にはそれが、蛇のように見えた。

だが、それは、蛇ではなかった。

縄である。

麻縄の先端を懐から引き出し、右手と左手で、交互にそれをたぐり出してゆく。

懐に納めていたのか、腰に巻いていたのか、かなりの長さの縄であった。

全《すべ》てを引き出し終えると、男は、その縄を見物人に見せた。

縄の両端には、太い結び目があった。

さっきは、それが蛇の頭に見えたのである。

男は、縄の端から三尺のあたりを右手で握り、余った部分を左手で握った。

右手で結び目のある先端を二度、三度と回してから、上に放り投げた。

頭上にある松の枝に、縄がからみついた。

何度か縄を引いて、縄がしっかりと枝に巻きついているのを確認すると、手を放した。

地上一尺余りのところに、縄の結び目がぶら下がった。

それを待っていたように、娘が、結び目の上に右足をかけ、足の親指と第二指の間に縄をはさんだ。両手で縄を摑《つか》み、左足で地を蹴って、娘は結び目の上に身体の重さを乗せた。

乗って、すぐに娘は、右足の指にはさんだ縄の結び目を、向こうへ押し出すようにした。

縄が揺れ、娘の身体が動きはじめた。

娘が、その揺れに合わせて、縄を漕《こ》ぐ。

揺れが、だんだん大きくなってゆく。

前の天《てん》へ向かって娘の身体が昇ってゆき、落ちてくる。落ちてきたその反動で、次には後ろの天に向かって娘の身体が昇ってゆく。

振り子のように、娘の身体が揺れる。

昇って、落ちてゆく。

落ちて、昇ってゆく。

その反復が大きくなってゆく。

着ているものの裾《すそ》がめくれあがり、思いがけない両脚の奥までが覗《のぞ》いた。

男は、その間に、筵の上に置いてあった大きな籠に歩み寄り、上に掛けてあった赤い布を両手に取った。

両手で、その赤い布を広げてみせ、大きく揺れている娘に近寄った。

娘が、天から落ちてきて、後方の天へ昇り、また、もどってくる。

もどってきた娘の身体が、一番低い場所から、正面の天に向かって駆け昇ってゆくその寸前——

男は、両手に広げた布を、ふわりと娘の身体に投げかけた。

娘の身体が、赤い布に包まれて見えなくなった。

娘自らが、布を握ってその内部に自分の身がくるまるようにしたのである。

男は、口の中で何やら真言《しんごん》の如きものを唱え、両手の指で印《いん》を結んでいる。

ひらひらと、赤い布がはためきながら天へ昇ってゆく。

それが、また、降りてくる。

一度、二度——それが繰り返され、三度目、振り子が一番下まできた時に、男は、

「哈《は》ッ」

声をあげて、さっ、と赤い布を取り去った。

見物人たちの間に、驚きのどよめきが湧《わ》きあがった。

娘の姿が消えていた。

誰もいなくなった縄の結び目が、青い天へ昇ってゆく。

結び目に、陽《ひ》が当たっている。

漕ぎ手のいなくなった縄は、すぐに揺れの振幅が小さくなり、止まった。

娘の姿は、どこにもない。

布は、いつの間にか、もとのように、籠の上に被《かぶ》せられている。

男は、頭を下げ、顔をあげた。

猿に似た顔が、義清を見た。

その眼が、小さく笑ったように見えた。

男は、さっきより数の増えた小銭を身をかがめて拾いはじめた。

（二）

「呪師《のろんじ》か……」

市《いち》の喧噪《けんそう》の中を歩きながら、清盛《きよもり》がつぶやいた。

奈良朝の頃よりあった、外術《げじゅつ》使い、あるいは幻術使いが、この名で呼ばれている。

広くは、散楽《さんがく》、雑戯《ざつぎ》の徒であり、自分の術を人に見せて銭をとる。

「なかなか、たいした技ではないか。義清《のりきよ》よ——」

清盛は、しばらく前から、しきりと賛嘆の声をあげている。

たしかに、優れた技であった。

刃を籠《かご》に差しての、籠抜けもそうであり、次の人隠しの術も凄《すご》かった。

めったな人間にできる技ではない。

「しかし義清よ、あの娘、いったいどこへ消えてしまったのか。まさか、本当にこの世からいなくなってしまったのではあるまいな」

清盛の言葉に、

「清盛よ、おまえ、あれが見えなかったのか」

義清が言った。

「見えなかった？　何のことだ」

「あの赤い布さ」

「なに!?」

「最初に、赤い布が被《かぶ》せてあった籠があったではないか」

「それがどうしたのだ」

「娘はあの籠の中さ」

「ほんとうか」

「まず、間違いはなかろう」

「まさか。いったいどうやったのだ？」

「男が、娘に赤い布を被せ、それをまた取りはらったろう」

「うむ」

「あの赤い布を取りはらった時に、布と一緒に娘が宙に跳んだのさ。あの籠に向かってな――」

「ほう」

「本当に人隠しができるのなら、布で隠す必要はない。男は、布で娘を隠しながら、そのまま籠に布を被せたのだ。その時には、もう、娘は籠の中だ」

「おまえにはそれが見えたのか、義清よ」

「見えなかったが、そう考えれば辻褄《つじつま》があうということだ。見ないが、見ている」

「むむう……」

「後ろにな、筵《むしろ》を下げていたろう。あれは、そのためだ。後ろから見物している者には、娘が布の中に隠れているのが見えてしまうからな──」

ゆるゆると歩きながら、義清は言った。

清盛は、言葉を失ったように沈黙した。

しばらく無言で歩いてから、

「義清よ──」

清盛は、ようやく言う言葉を捜しあてたように声をかけてきた。

「おまえ、いつもそのようにものを見るのか」

「そのようにとは、どのようにだ」

「だから、そのようにだ。疲れはせぬのか」

「そのようにも何も、ただ、おれは自然《じねん》に見て、自然に思うだけだ──」

花がある。

自然《じねん》にそこに生え、自然に咲いている。

その花に、

〝咲いていて疲れぬのか〟

そう問うようなものだと、義清は言いたいらしい。

「おまえのことは、ようわからん」

怒ってはいない。

清盛は、どうも微笑しているようである。

「おれにわかることと言えば、まあ、これだな」

清盛は、腰の太刀を、左手で軽く叩《たた》いてみせた。

「あとは、商《あきな》いじゃ」

清盛はつぶやいた。

確かに、清盛には商才がある。

父の平忠盛《たいらのただもり》と共に、宋の国と貿易をして、大量の宋銭を手に入れている。

忠盛は、長承《ちょうしょう》元年（一一三二）鳥羽《とば》上皇の勅願により、私費をもって得長寿院《とくちょうじゅいん》を造進《ぞうしん》し、三十三間《けん》の御堂《みどう》を建て、これを寄進している。堂内には、中央に丈六《じょうろく》の観音像を安置し、その左右に五百体ずつ、合わせて一千体の等身大の正《しょう》観音像が置かれた。この功によって忠盛は昇殿を許されている。

すでに、日本では貨幣の鋳造は行われておらず、入ってくる新しい銭と言えば、ほとんどが宋銭であり、その宋銭はいずれもこの忠盛、清盛親子の懐を通過して日本に入ってきている。

言うなれば平忠盛という私人が、当時の日本国の財務省をやっていたようなものであった。

銭は、うなるほどある。

しばらく前の、

〝銭を払って説法をせよ〟

という清盛の言葉は、半分は本音であったろう。

すでに、銭は、神事から離れている。

市での取引は、初めは物々交換が基本であり、毎月、何と何との交換をどの割合で行うかは、国が定めていた。

しかし、今はそれもかたちだけのものとなり、銭による取引は、市で自然に行われている。

保延《ほうえん》元年（一一三五）——

義清が兵衛尉《ひょうえのじょう》に任ぜられ、北面《ほくめん》となったのは、この七月のことである。

北面の者——北面の武士である。

都を守るものと言えば、検非違使《けびいし》があるが、北面の武士は、亡き白河《しらかわ》上皇が作った上皇の私設兵といっていい集団であった。

その北面の武士の首領が、平忠盛である。

北面の武士としては、清盛が先輩であり、義清は後輩ということになる。

義清は、清盛とは、妙に馬が合う。

生まれはいずれも、元永《げんえい》元年（一一一八）、どちらも十八歳——同い歳《どし》である。

この日は非番であり、ふたりで連れだって市の見物に来たところであった。

見あげれば空が青い。

「どうだ」

清盛が、義清に声をかけた。

「遊女《あそびめ》でも買いにゆくか」

「悪くはないが——」

「ないが、何なのだ」

「今は、その気にならぬ」

「いつならなる」

「わからん」

たわいのない話をしながら、歩いている。

と——

「おもしろい奴《やつ》が来た」

清盛が言った。

義清が、清盛の視線の先を見やると、人混《ひとご》みの向こうから、ふたりの武士が連れだって歩いてくるのが見えた。

「盛遠《もりとお》じゃ」

清盛の、唇の右端が小さく吊《つ》りあがり、白い犬歯が覗《のぞ》いた。

義清も、それが誰であるかわかっている。

遠藤盛遠と、源渡《みなもとのわたる》のふたりであった。

いずれも、義清、清盛と同じ北面の者である。

ふたりが仕えているのは、鳥羽上皇と待賢門院璋子《たいけんもんいんたまこ》の娘——今年十歳になった統子内親王《むねこないしんのう》である。

さっきまでくつろいでいた清盛の身体《からだ》に、みしり、と音を立てるようにして、熱い力が漲《みなぎ》った。

そぞろに歩いていた清盛の足が、はっきり盛遠の方に向いていた。

距離が縮まってくる。

すでに、盛遠と渡のふたりも、清盛と義清が歩いてくるのに気がついている。

「どうする気だ」

傍《かたわ》らを歩きながら、義清が訊《たず》ねる。

「さて――」

清盛は小さく息を吐き、

「むこう次第だな」

そうつぶやいた。

近づくにつれて、清盛と盛遠の間にあった人混みが、いつの間にか左右に割れて、今やふたりは正面から向きあっている。

互いに、息がかかりそうなほど近づいて、ふたりは足を止めた。

「清盛よ」

義清は、清盛の耳元で囁《ささや》いた。

「おれは見物じゃ」

言い終えて、義清は一歩退《さ》がっていた。

近く向きあって、盛遠の身体は清盛に見劣りしない。

平清盛――

遠藤盛遠――

いずれも、丈《たけ》六尺に余る。

清盛の身体が、すっきりと伸びているのに比べ、盛遠の身体は横幅も厚みもあった。

鼻の下と顎《あご》に髯《ひげ》をたくわえている。

歳は、清盛や義清といくらもかわらぬはずであったが、すでに三〇過ぎの面構《つらがま》えであった。

鼻は獅子鼻で、唇は厚く、眉は太い。

巨大な猪獅子《いのしし》が、二本の足で立ちあがったような男であった。

そのすぐ横に並んだ源渡は、眸《め》が細い。

鋭い刃物で、左右の顳《こめかみ》へ、撥《は》ねあげるように切れ込みをいれたような眸をしていた。その裂け目の奥に、強い光を持った瞳がある。

義清も渡も、互いに清盛、盛遠から一歩退がったところで足を止めている。

まだ、誰も口をきいていない。

先に口を開いた方が負け——見合いながらそういう勝負をしているように見える。

清盛と盛遠のふたりは、義清がまだ北面の武者《むさ》となる前、二月に五条大橋でも、このように顔を合わせている。

清盛が東から、盛遠が西から歩いて橋を渡った。

互いに橋の真ん中を歩いてきて、中央で出会った。

どちらも道を譲らない。

「退《の》け」

「退かぬ」

で半日睨《にら》みあい、連れの者たちのとりなしで、なんとか事無きを得た。

互いに、同時に右手へ足を踏み出し、左肩をこすり合わせるようにして、ようやくすれちがったのである。

それを義清は、朋輩《ほうばい》の源季政《すえまさ》から聴いている。

今、どうするかの思案は義清にはない。

まさか、斬り合いにはなるまいと思っている。

「おや、このようなところに、椎《しい》の実が落ちてござるわ」

先に口を開いたのは、盛遠であった。

「いずれより下って来られた」

「珍しいな」

清盛は微笑した。

唇の間から、牙のような歯を見せた。

「なに!?」

「誰ぞに、ない智恵《ちえ》をつけられたか」

清盛が、湧きあがってくる昂《たかぶ》りを押さえているのがわかる。

今、盛遠が、清盛を椎の実にたとえたのには理由がある。

この年の四月、朝廷の命により、瀬戸内で盛んになった海賊討伐のため、平忠盛、清盛親子は、追討使として都を出ている。

八月に入って、賊主である日高禅師ら七〇名を捕らえ、都まで連れもどり、鴨川《かもがわ》河原で、これを検非違使に引き渡している。

この功によって、清盛は、従《じゅ》四《し》位《い》下《げ》左《さ》兵衛佐《ひょうえのすけ》に任じられた。十八歳という清盛の年齢を考えると、これは異例の出世である。

盛遠は、四位《しい》と椎《しい》をかけて、清盛を皮肉ったのだ。

それを、逆に清盛が切り返したのである。

「おまえが銭で買《こ》うた位《くらい》に、世辞を言うたり、頭を下げたり、擦《す》り寄ってきたりする者もあろうが、皆がそうだと思うなよ」

盛遠の眼が、一瞬、義清の顔を舐《な》めた。

「なに!?」

清盛の歯が鳴った。

「海賊討伐、我が生命《いのち》をかけての仕事ぞ」

清盛の肉の温度が上がるのがわかった。

「売りに出ている官位じゃ。いずれは、ぬしらも銭で買うたものであろう」

清盛は言った。

清盛の言う通りである。

この頃、官位は、銭で売られていた。

〝売官《ばいかん》〟

である。

寺院や堂の建立《こんりゆう》で、銭がなくなると、朝廷は官位を売りに出す。宮殿や社寺の造営費用を捻出《ねんしゆつ》するため、任官希望者を募り、任料をとりたてる。

義清も、今の地位を〝買って〟いる。

最初は、十五の時であった。

この任料を払って、下級武官である内舎人《うどねり》になろうとしたのである。

義清のみの意志ではない。

佐藤家をあげての事業といっていい。

この時に使った任料が絹二千匹であった。今日《こんにち》の金額にするなら、少なくとも数千万円。大金である。

しかし、それだけ使っても、義清は任官できなかった。競争相手の方が、より多くの任料を払っていたからである。

今回、兵衛尉になるにあたっては、三年前の何倍もの絹を払った。

兵衛尉の任料の相場は、この頃、絹一万匹であった。その相場以上の絹を払っての義清の任官であったのである。

盛遠が何と言おうと、多かれ少なかれ、盛遠自身も、渡も、任官にあたってはそれなりの銭を使っている。

「違うのは、使《つこ》うた銭の高《たか》だけじゃ。ぬしにとやかく言われる筋あいはない。銭で購《あがな》えるのなら、右大臣、左大臣、みか――」

帝《みかど》の位《くらい》まで買《こ》うてくれるわ――清盛はそう言うつもりであった。

しかし、清盛はあやうくその言葉を胆《はら》の底に押さえ込んだ。

「銭で買えぬものもある」

盛遠が言った。

「それは何じゃ」

「このおれよ」

盛遠が、大きな右の拳で、反らした自分の胸を叩《たた》いた。

「誰が銭を払うて、ぬしなど買うものか。ぬしにはこれじゃ――」

清盛は、左手で、腰の野太刀の鞘《さや》を握った。

「性根《しょうね》を見せたな」

盛遠が笑った。

「欲しいものがあれば、力で奪う。奪えねば、剣で滅ぼす。それがぬしの性根じゃ、清盛」

「おれの性根は――」

清盛は、腰の太刀をはずして、左手に握り、

「これじゃ」

太刀を宙に放り投げた。

自分の胸に向かって飛んできた太刀を、義清は、両腕で抱き止めた。

「これがおれのあるがままじゃ」

清盛が、盛遠に向かって両手を広げてみせた。

「これが平清盛じゃ。それが気に入らぬというのなら、その腰の剣で突いてみよ」

無防備な清盛のその姿に、盛遠は沈黙した。

しかし、それは一瞬のことで、

「卑怯《ひきょう》だぞ、清盛」

唸《うな》るようにそう言った。

「何が卑怯じゃ」

「武器も持たぬ丸腰の男に、どうして、おれが斬りかかることができようものか。それを承知で剣

を捨てたな。臆病者め」

「なに」

「なに」

ふたりが、退《ひ》くに退けなくなった時、横手の方角から、悲鳴があがった。

ひとつ、ふたつではない。

男や女の様々な声が入り交じった悲鳴であった。

ぐわらり、
と、何かが倒れて壊れる音。

「む」

「む」

さすがに、ふたりの視線はその騒ぎの方に向けられていた。

義清と渡も、顔をそちらに向けた。

あの、松が見えた。

蜘蛛《くも》舞《まい》のふたりが、その下で籠抜けをやっていたあの松だ。市の中をそぞろ歩くうちに、いつの間にか、またこの場所にもどってきていたのである。さっきは、正面から見ていたのだが、今は、それを横手から見ている。

向こうに、市姫《いちひめ》の社《やしろ》の鳥居も見えていた。

あの猿に似た男と、籠抜けをやっていた娘が、松の下に立っている。

ふたりの足元に倒れているのは、籠抜けのための籠を載せる台と、その上に載っていた籠であった。

さっきまで大勢の見物人が囲んでいたのだが、今の騒ぎで人垣が割れて、ふたりの姿が見えているのである。

ふたりの前に、四人の男が立っている。

いずれも、薄汚れた小袖を着ている。

それぞれが藁《わら》で結わえた干し魚や、干し肉、米が入っていると思われる袋をぶら下げていた。

そのうち、干し魚を左手にぶら下げている男が、右手に太刀を抜いて、その切先《きっさき》を、猿顔の男に突きつけている。

「おとなしく、出すものを出せばよいのさ」

男は言った。

清盛と盛遠のやりとりに、市をゆく者たちの視線が集まりかけていたのだが、今、その関心は、抜かれた刃の方に向けられていた。

「待て、盛遠」

清盛が言った。

「おう」

盛遠が、答えて一歩退いた。

「あれは!?」

あちらで抜かれた刃に眼をやりながら、清盛がつぶやいた。

「放免《ほうめん》じゃ」

ぽつり、とつぶやいたのは、源渡であった。

〝放免〟

とは、もともとは犯罪者だ。

捕らえられ、その後に、字義《じぎ》通りに釈放された者たちであり、その中から、選ばれて検非違使の下働きとして使われている輩《やから》のことである。

検非違使庁の最下級の者たちで、再び強盗などの罪を犯す者も少なくない。

「何をしているのだ」

清盛は訊ねた。

「銭をせびっているのだろうよ」

渡の声は、落ちついている。

「銭!?」

「お清《きよ》め代だろう」

わけ知りの顔で、渡は言った。

「お清め代だと?」

盛遠が訊ねたところを見ると、この男もまた知らぬことらしい。

京の都には、西市《にしのいち》と東市《ひがしのいち》というふたつの市があった。

初めは、日や専売品を決めて、別々に市が立っていたのだが、次第に西市の方がさびれ、この頃は、もうほとんど機能していない。東市の方に、人が集まるようになって、今は専売品など無きに等しい状況となり、何でもここで売られている。

その、西市、東市に、それぞれ小さな社が建てられ、そこに、市の神である市姫が祭られている。

近頃は、その市姫の社を、仕事のない放免どもが、飯の種にし始めているのである。

放免たち、あるいは放免たちが雇った者たちが、市姫の社や境内を掃除して、その掃除賃を、市を開いている者たちから取っているのである。

「我らが、こうして清めておるから、市姫神《いちひめのかみ》もお悦《よろこ》びになり、ぬしらも商いができるのじゃ――」

男は、刀を突きつけた。

半分は見せしめなのか、周囲に聴こえるような声で言う。

猿顔の男と娘は、まだ新顔で、この放免連中のことをよく呑《の》み込めてはいない様子であった。

「ここは、市司《いちのつかさ》が取りしきっているのであろう。ああいう輩をのさばらしておいてよいのか――」

清盛が言うと、

「何をかわゆいことを言うておるのだ」

渡が笑った。

「彼奴《きやつ》らめ、あがりの中から、適当につけ届けをしておるからな――」

「検非違使の連中は、このことを知っているのか」

「当然だ」

渡が言った。

この会話の間に、猿顔の男は懐に手を入れ、巾着《きんちゃく》を取り出した。

中から、小銭を摑《つか》み出し、それを渡そうとすると、横から別の男の手が伸びて、巾着袋の方を奪いとっていった。

猿顔の男の手に残ったのは、今しがた摑み出したわずかばかりの小銭のみであった。

放免のひとりが、娘に視線を止めた。

何を思いついたのか、娘に歩み寄り、

「おい」

その細い手首を握った。

娘の眸の中に怯《おび》えの色が宿った。

「何をなさります」

猿顔の男が、娘に駆け寄った。

「今夜の酒の相手をさせるのさ」

娘の手首を握った男が言うと、

「おう、それはよい」

「酒の相手だけでよいのか」

他の男たちが声をあげる。

「お許し下されませ」

猿顔の男が、頭を下げる。

「新顔の決まりじゃ」

「ただのひと晩じゃ」

猿顔の男が、すがるような視線を、周囲でなりゆきを見守っている見物人たちに向けた。

その視線が、義清の上で止まった。

助けてくれ——

と、その眸が言っていた。

「あれは、売られるな」

源渡がつぶやいた。

「売られる？」

義清が訊ねた。

「連れてゆかれ、酒の相手をするだけですむわけもない。ひと晩、ふた晩、弄《もてあそ》んで、飽きたら売るつもりじゃ」

その言葉の最後を、義清は背で聴いていた。

義清は松の樹《き》の下に向かって、もう歩き出している。

「無体《むたい》なことはやめよ」

義清が声をかけると、放免たちが振り向いた。

頭に折烏帽子《えぼし》を被《かぶ》り、腰に細太刀を佩《は》いた義清の姿を眼にとめて、一瞬驚いたようであったが、すぐに小さな薄笑いが彼らの口元に浮いた。

手弱女《たおやめ》の如《ごと》き義清の顔やものごしを眼にし、与《くみ》し易《やす》しと見てとったのであろう。

「我らが、お清め代をとるのは以前よりのこと。市司も御承知のことじゃ」

刀を手にした男が言った。

「銭のことではない。その娘の手を放してやれと言っているのだ」

盛遠と渡は、腕を組んで、向こうから事のなりゆきをおもしろそうに見守っている。

「この娘が、我らに酌をしたいと言っている。無理にこうしているのではない」

「この後も、ここで蜘蛛舞を見せて銭を稼ぎたいのであろう。近づきのしるしとして、酌をするという。これは断れぬ」

「そうであろう?」

猿顔の男と、娘に向かって放免たちが言った。

義清に言うふりをして、この市で銭を稼ぎたかったら言う通りにせよと、ふたりに言っているのである。

「いやでござります。この手をお放し下されませ」

娘が言った。

「どうか、その手を——」

猿顔の男が言った。

近くで見ると、遠目に見たよりも、歳がいっている。

三〇歳に近いかもしれない。

「な、何をする!?」

ふいに、放免のひとりが高い声をあげた。

猿顔の男が懐から出した巾着を、その手から取った男だ。今、その男の手から、巾着がまた奪われたのである。

奪ったのは、清盛であった。

「ほれ」

清盛は、その巾着を、猿顔の男に向かって放り投げた。

猿顔の男が、宙でその巾着を両手に摑んだ。

義清がまだ右手に持っていた自分の野太刀に手を伸ばし、清盛はそれを左手に握った。

清盛は、懐に手を入れ、自分の巾着を取り出し、その中身を土の上にばら撒《ま》いた。

大量の銅銭が、音をたてて地に散らばった。

見れば、いずれも宋銭である。

「その銭、くれてやる。女の手を放してやれ」

清盛は言った。

「なに!?」

と気色《けしき》ばんだ、手から巾着を抜き取られた男を、

「待て」

刀を持った放免が制した。

「北面の清盛じゃ」

刀を持った男が言うと、放免たちが、半歩ずつ退《さ》がった。

「平忠盛の……」

巾着を奪われた男が言った。

「……息子じゃ」

刀を持った男が言い添えると、四人の男たちが、
ざっ

と、後方に退がった。

手首を握っていた手の力がゆるんだのであろう、娘が、男の手を振りほどいて逃げた。

「銭を拾うて、去《い》ね」

清盛が言った。

放免たちは、顔を見合わせ、次には身をかがめて、地に落ちた銭を拾いはじめた。刀を持っていた男は、それを鞘《さや》に収めて、銭を拾っている。

拾い終えると、言葉も発することなく、男たちはその場を去った。

「去ったか、義清」

清盛が言った。

「ありがとう存じます。おかげで助かりました――」

猿顔の男が、娘と共に歩み寄ってきて、頭を下げた。

「つまらん下郎どもだ」

唾《つば》を吐くように、清盛は言った。

（三）

東山の上に、月が昇っている。

望月《もちづき》にはまだ間《ま》のある、青い月だ。

西の山の端《は》に近い空が、もうとっくに沈んでしまった陽《ひ》の光を、まだほんのわずかに残している。

佐藤義清《のりきよ》は、平清盛《きよもり》と並んで、北へ向かって歩いている。

すぐ右側を、堀川が南へ流れている。

夕刻というよりは、もう、夜である。

風は冷たい。

陽が沈むと、たちまち大気の温度が下がってきた。

もう、十月に入っている。

ほろ酔いだ。

少し、酒が入っている。

「あれは、酒をせびりに行ったようなものだ」

歩きながら義清が言うと、

「せびりに行ったのさ」

清盛が答えた。

あの騒ぎの後、東市《ひがしのいち》の詰所《つめしょ》に足を運んで、妙な連中をのさばらせるのもいいが、

「ほどほどにせよ」

清盛は、わざと不機嫌そうに言ったのである。

そこで、酒が出た。

詰所にいる役人も、清盛のことはわかっている。清盛本人よりも、その父親の忠盛《ただもり》が怖い。

ほどよく、清盛の機嫌をとっておかねばならない。

酒を飲んだ。

この夜、月が出ることはわかっていた。灯《あか》りを持たずとも、歩くことができる。それで、つい、長居をしてしまったのだ。

遠藤盛遠《もりとお》、源 渡《みなもとのわたる》のふたりとは、詰所に顔を出す前に別れている。

義清と清盛は、自分の屋敷へはもどらず、北面の館《やかた》までゆくつもりでいる。

そこへゆけば、寝床も食い物もある。

ゆらりゆらりと歩きながら、ふいに思い出したのか、

「盛遠の奴《やつ》め、何かというと、このおれにつっかかってくる」

ぽつりと、清盛がつぶやいた。

「人《にん》の相性が悪いのであろう」

義清が言うと、

「似た者どうしなのさ」

清盛が、嘆息と共に言った。

川の音が、ふたりの耳に届いている。

岸に繋《つな》がれた舟や筏《いかだ》に、水がひたひたと当たる音もする。

「それにしても、気前のよいことだ」

義清が言う。

「何のことだ」

「あの銭さ。くれてやらぬでもよかったのではないか――」

「あれか」

清盛はうなずき、

「あれは、買《こ》うたのじゃ」

そう言った。

「何をじゃ」

「おれの名をさ」

「名を？」

「あれで、あそこにいた見物人も、清盛の名を覚えたろう。清盛が、あそこで何をしたか、どう事をおさめたか、見た者はそれをあちこちでまた吹聴することであろう。それを思うたら、やすい買いものではないか」

「ほう」

「検非違使《けびいし》の上の方とは、親父《おやじ》と繋がりもある。妙な揉《も》め事の種を増やすわけにもゆかなかろう」

歩きながら、清盛は、義清を見た。

「それよりも、義清よ。おれは放っておくつもりであったのに、おまえ、何故《なぜ》、助けに入ったのだ」

「腹が立ったのさ」

「腹が？」

「うむ」

「よくあることじゃ。あのようなことで、腹を立てていては、疲れるぞ」

「性分だ」

「ならば、仕方がないか」

清盛の言い方は、さっぱりとしている。

六条大路を過ぎ、しばらく歩いたところで、

「もし……」

土手の下から、声をかけてきた者があった。

もぞり、
と、土手下の草の中から、犬のように這《は》い出てきた者がいた。

地に、両手両足をつけて闇にうずくまっているその姿は、巨大な蝦蟇《がま》のようであった。

「清盛様、義清様でござりましょうか」

月影の中で、うずくまった影が言った。

義清と清盛は、足を止め、

「誰《たれ》じゃ」

そう問うていた。

「先ほど、東市でお助けいただいた呪師《のろんじ》にござります」

その声に聴き覚えがある。

月明かりに、見あげてくる顔をよく眺めてみれば、確かにあの猿顔の男であった。

「わたくしのことは、申《さる》と、そうお呼びくだされ」

その猿顔の男——申は言った。

「何用じゃ」

問うたのは、清盛である。

「お気をつけくだされませ。お生命《いのち》をねろうている者がございます」

「なに!?」

「昼に、いざこざのあった放免どもの中に、どうやら、忠盛様に恨みを抱く者があったようで――」

「親父に恨みを?」

「今年もそうでございましたが、六年ほど前にも、忠盛様、海賊追捕使《ついぶし》とて、瀬戸内の海へお出かけになられたのではございませぬか」

猿顔の男――申は言った。

その通りであった。

六年前の大治《だいじ》四年(一一二九)三月、白河法皇の院宣《いんぜん》により、忠盛は海賊討伐《とうばつ》に出ている。

「詳しいな」

「我ら猿楽《さるがく》の徒《と》は、世の動きや政《まつりごと》には常に注意を向けておりますれば――」

申の言う通り、猿楽――散楽《さんがく》の徒《と》は、世の動きに敏感であった。

いつ、どこへゆけば人が集まっているか、どこでどういう祭《まつり》や祝事《いわいごと》があるかを知っておかねばならない。

猿楽の徒は、大道芸を見せて日銭を稼ぐことはむろんするが、朝廷や貴族が催す行事や宴席に出て、そこで芸を披露することが、実は大きな収入になっているのである。

長期間、貴族や朝廷に抱えられる者たちもおり、北面はそういう猿楽の徒の出入りする場所でもあったのである。

「その忠盛様の海賊討伐のおり、捕縛を逃れたか、捕縛された後、放免となった者のように思われます」

申が、頭を下げた。

「この先、五条大路を過ぎ、四条大路に出る前、右側に柳の古木が生えておりますが、彼奴《きやっ》らは、その陰に潜んで、おふたりが通りかかるのを待っております」

市司《いちのつかさ》の詰所で、酒を飲んでいるおり、今日はこのまま北面の館にもどり、飲みなおそう——清盛が、義清とそういう話をしているのを、放免たちの仲間の者が立ち聴きしていたのだと、申は言った。

なるほど、放免たちが〝お清め代〟と称して、東市で銭を稼ぐのを、市司が見逃していたことを思えば、それもうなずける話である。

「しかし、何故《なぜ》、それをおまえが知っているのだ」

清盛は、当然のことを訊《たず》ねた。

「わたしは、この近くに、粗末な屋根ばかりの小屋を建てて夜露をしのいでおりますが、薪《たきぎ》は、いつも鴨川《かもがわ》の河原まで出かけてゆき、そこで拾うております」

近ごろでは、河原ではなかなか薪を拾えず、葦《あし》の中に入って、そこにひっかかっている細い木の根や薪を拾っているのだと、申は言った。

申がその葦の中にいるのを知らず、放免たちが、河原で、清盛を襲う謀《はかりごと》を企てているのを耳にしてしまったのだという。

「あの放免たちは、鴨の河原に小屋を建て、そこを塒《ねぐら》にしているのです」

申が言った。

「どうぞ、お帰りは、別の道をお使い下されますよう」

「娘は？」

清盛は訊ねた。

「この近くの土手下に、潜ませております」

申の言葉には、よどみがない。

しかし、月明かりにその申の姿を見やりながら、義清は、不思議そうな顔をしている。

それに、申が気がついた。

「義清様、何か――」

申が問う。

「ぬしの物腰、物言い、それが、先ほどの様子と違《ちご》うておるからじゃ」

あの時、この申が、泣き出しそうな表情で、自分たちを見てきたことを、義清は覚えている。

確かに先ほどの男であるとはわかるのだが、今はまるで別人の如《ごと》くに見える。

「今のぬしが本当の姿なら、あの時、あの放免どもくらいはあしらえたのではないか」

「とんでもないことでござります」

申は、額を地に押しつけるようにして頭を下げた。

「まあ、よいではないか、義清よ」

清盛が、横から声をかけてきた。

「今、考えねばならぬのは、この申とやらの言うことが、本当かどうかということじゃ」

「本当なら――」

「おもしろいではないか」

清盛は笑った。

生命をねらわれているようにはとても見えなかった。

「先ほどは、事をあらだてぬように収めた。しかし、あの放免どもがこの清盛の生命をねろうてくるとあれば、遠慮はいらぬということではないか」

清盛の声が、はずんでいる。

「たかりをなりわいにしている盗賊にねらわれて、道を変えたとあってはこの清盛のみでなく、平《たいら》一門の恥ぞ」

清盛は、このまま同じ道をゆくつもりらしい。

「相手は何人じゃ」

義清が訊ねた。

「葦の中で聴いた話によれば、おそらく、五人から六人ほどと思われます」

申が言った。

「義清よ。彼奴らがねろうているは、この清盛の生命じゃ。おまえは道を変えればよい。おれはゆくぞ」

義清も、清盛が本気であるのはわかっている。

五条大橋で、盛遠と出会った時と同じだ。

こうと思ったら、道を譲らない。

しかし、今日の昼とはわけが違う。今は、初めから清盛の生命をねらってくる者たちが相手である。

清盛がゆくのであれば、

〝見物じゃ〟

と一歩退《ひ》いて眺めているわけにもゆかぬであろう。

「おれもゆこう」

義清は胆《はら》を決めた。

「ただ、のこのこと出かけていって、あっちが斬りかかってくるのを待つわけにはゆかぬぞ」

「うむ」

「こちらから攻める」

「おう、戦《いくさ》は胆じゃ」

清盛が、野太い声で言った。

（四）

暗い水の面《おもて》に浮かぶ月の影を揺らしながら、一艘《そう》の舟が、ゆるゆると堀川を下っている。

艫《とも》に立って、棹《さお》を操っているのは、小柄な男であった。

棹の操り方が、たくみである。川岸に立っている杭《くい》や、岸に繫《つな》がれている筏《いかだ》や舟を、うまくよけてゆく。ほとんど、水音もたてない。

何か積み荷でもあるのか、舟の中央に伏せられた薦《こも》が盛りあがっている。

右手の土手の上に、大きな柳の古木が生えているところまでやってきて、舟は音もなく川岸に寄って停《と》まった。

柳の樹《き》の根元あたりに、人影があった。

その人影は、六つ——六人の人間がそこにうずくまって、土手の様子をうかがっている。

誰も、すぐ下に接岸した小舟に気づいていない。

その六人の人影は、声を押し殺して話をしているのだが、その会話は、案外に大きく周囲に響いている。下に停められた舟まで、その声が届いてくる。

「清盛《きよもり》め、まだ来ぬか」

昼に、東市《ひがしのいち》で、刀を抜いて申《さる》にその切先《きつさき》を向けていたあの男の声であった。

「まだじゃ」

「急ぐでない、屠黒丸《とぐろまる》よ」

別の声が言う。

「それにしても、清盛が銭を持っているというのは本当であろうな」

「おう、間違いない。懐からたっぷり取り出すのを見た」

屠黒丸とおぼしき声が答える。

「なんじゃ、意趣返しでなく、銭欲しさかよ、屠黒丸——」

「両方じゃ、丹波の青犬よ」

「殺してしまっていいのだな」

「我らを騙《だま》し討ちにした忠盛《ただもり》のせがれじゃ。どういう遠慮もいらぬ」

「もうひとりの方はどうする」

「かまわぬ、一緒に斬り殺してしまえ。どうせ、誰がやったのかわからぬ」

「それにしても、清盛め、不用心な男じゃ。夜道を、ただふたりで歩くとはな」

「しっ」

屠黒丸の声がそう言った時、
という声が響いた。

「来た」

ざわり、
と、男たちが闇の中で、その身体《からだ》に緊張を走らせた。

「まず、このおれが清盛の胸板に、この矢を射かけてくれよう」

弓らしきものの影が、闇の中に立つのがわかった。

「待て――」

屠黒丸の声がした。

「どうした?」

「おかしい、来るのはひとりじゃ」

「何だと?」

男たちが、柳の下で言いあっている時、下の舟の中で、ふいに、ばさりと薦が撥《は》ねあげられた。

その下から、腰に太刀を下げた男が立ちあがり、舟から岸に跳び移った。

「敵じゃっ」

男は叫んだ。

「敵が攻めてきた、逃げよ！」

叫びながら、男は土手を駆けあがってゆく。

「な、なんだ!?」

「敵だと!?」

柳の下にいた影たちは、ふいのことに驚き、ぎょっとなって立ちあがっていた。

「ど、どこじゃ」

「どこに敵が」

うろたえている影たちのすぐ下まで土手を駆けあがってきた男は、ぎらりと右手に太刀を引き抜いていた。

「ここじゃ！」

男は、太刀を引き抜きざま、

「かあっ」

弓を持った影の右足首を薙《な》いでいた。

「わあっ」

声をあげ、足首を、ぶっつり断たれた男は、弓を持ったままもんどり打って土手を転げ落ちてゆき、堀川にけたたましい水音をたてていた。

影たちが、刀を抜き放つ。

土手を駆けあがってきた男は、

「清盛はここじゃ！」

名のるなり、近くにいた男の肩口から胸にかけて、ざっくりと斬り下ろした。

斬られた男の肩から血がしぶき、その血が、突然の驟雨《しゅうう》のように、ざあっと土手の草を叩《たた》いた。

自分の血の上を、男の身体が土手下に滑り落ちてゆく。

たちまちにして、ふたりが清盛によって斬りふせられていた。

残った四人の男たちは、抜いた刀を手にしたまま土手の上に駆けのぼり、ふたりは北へ、ふたりは南に向かって逃げ出した。

「義清《のりきよ》、そっちへふたりじゃ」

清盛が叫んだ。

（五）

四人の人影が、柳の根元あたりから、土手の上に駆けあがってきた。

それぞれが手にした刀が、月光の中にしらしらと光っているのが見える。

ふたりが向こうへ、ふたりがこちらへ逃げてくる。

義清《のりきよ》は、右手に刀を抜き放った。

左手を添え、柄《つか》を両手で握る。

「あらららっ」

先に走ってきた男が、走りながら、右手に握った刀を打ち下ろしてきた。

義清はその刀を横にはじいた。

きいん、
と鋭い金属音があがって、夜の闇に、赤い蛍のように火花が散った。

たたらを踏んで横へ身体《からだ》をのめらせながらも、男は、右手を持ちあげて刀を振り下ろそうとした。

義清の方が疾《はや》かった。

義清は、いったん身を沈め、腰を浮かせながらその男の空いた右脇腹を刀で突いていた。

「ひゅっ」

と、義清の尖《とが》らせた唇から呼気が洩《も》れる。

肋《あばら》の間に、剣の切先《きつさき》が、ずぶりと潜り込んだ。

男は、刀を取り落とし、両手で宙を数度搔《か》きまわして、仰向《あおむ》けに倒れた。倒れた拍子に、脇腹に刺さっていた刀が抜ける。

地面の上で、男はしばらくもがき、やがて、ごぼりと大量の血を吐き出して動かなくなった。

もうひとりの男は、仲間がやられている間に、その横を駆け抜けて、姿が見えなくなっていた。

柳の下から、清盛《きよもり》が土手の上にあがってきた。

「大丈夫か、義清」

「うむ」

義清がうなずく。

清盛は、歩いてきて足を止め、義清の足元に倒れている男を見下ろした。

男は、もう、呼吸《いき》をしていなかった。

「お済みになりましたか」

清盛の背後から、申《さる》が声をかけてきた。

「三人逃《の》がしたが、三人斬《き》った」

清盛は、言いながら、刀を鞘《さや》に収めた。

「おみごとな太刀捌《さば》きにござりました」

寄ってきた申が言う。

やけに落ち着いた声である。

申は、屍体《したい》を見下ろし、

「肺腑《はいふ》をひと突き。血を喉《のど》につまらせ息絶えたようでござりますな」

そうつぶやいた。

「みごとじゃ、義清……」

いったん清盛が別の筋から北へ上《あ》がり、堀川を舟で下って、放免たちの背後にまわる——その策を考えたのは義清である。それを含めての讃辞《さんじ》であった。

しかし、義清は答えない。

清盛は、義清を見やった。

血脂《ちあぶら》の付いた刀を両手で握ったまま、月光の中で、義清の身体が細かく震えている。

「どうした?」

「すまぬ、清盛――」

義清は言った。

「指が離れぬのじゃ、手伝《てつど》うてくれ」

見れば、刀の柄を、義清は、夜目にもその指が白く見えるほどの力で握り締めている。

清盛が、左手で義清の手首を握り、右手で毟《むし》り取るようにして、指を一本ずつ剝《は》がしていった。

ようやく柄から左手の指が離れ、義清は刀を鞘に収め、太い息を吐き出した。

「義清、おまえ、これまでに人を斬ったことは?」

「今夜が初めてじゃ」

もう震えは収まっていた。

「そうか」

とだけ言って、清盛は、義清の肩を叩いた。

「ところで、礼を言うておかねばならぬな」

清盛は、申に向かって言った。

「とんでもない。お教えしたは、昼間お助けいただいたことへの御礼でござりますれば、お気になさる必要はござりませぬ」

申が言った時、遠くから、小さく風に乗って、叫び声が届いてきた。

女の悲鳴であった。

その悲鳴は、南の方角から聴こえた。

「あっ」

と小さく声をあげたのは申であった。

「どうした⁉」

清盛が訊《たず》ねた。

「失礼いたします。気になることがございますれば――」

頭を下げ、申は、南へ向かって走り出した。

「おい、待て――」

清盛は、申の背へ声をかけたが、申は足を止めなかった。

「ゆくぞ」

清盛が、申の後を追って走り出す。

続いて義清も走る。

先を走っていた申が、土手を駆け下りる。

しばらく前に、申と出会ったあたりであった。

清盛と義清が、申の後を追って、土手を駆け下りる。

申は、川岸の杭《くい》に停めてある一艘《そう》の舟に跳び乗り、

「鰍《かじか》っ」

叫んだ。

「おい、どうしたのだ」

義清が、川岸に立って、声をかけた。

「この舟に、妹の鰍を隠しておいたのでござりますが……」

「さっき、南へ逃げた放免どもに見つかって、連れ去られたか!?」

清盛が言う。

「気をつけるよう、言うておいたのですが……」

「どうするかよ……」

清盛は思案げに首をひねってから、

「足を切った男が、まだ、柳の下にいるはずじゃ。奴《やつ》に訊こう――」

そう言った。

もとの場所にもどった。

しかし、そこには、屍体がひとつある他は、誰もいない。

「足首のないまま、逃げたか」

義清が唸《うな》る。

「だいじょうぶでござります」

申が言った。

「何がだいじょうぶなのだ」

「彼奴《きゃっ》らの塒《ねぐら》なら、見当がついております」

「どこじゃ」

「おそらく、鴨《かも》の河原でござりましょう」

薪を拾いに行ったおりに、それとおぼしき小屋は見ている、間違いはないであろうと、申は言った。

「では、これにて――」

頭を下げて、申はそのままゆこうとした。

「待て」

とめたのは義清であった。

「何か」

「独りでゆく気か」

「はい」

あっさりとした返事であった。

「彼奴らの手から、独りで娘を取りもどすことができると思うているのか」

「試してみぬことには何とも言えませぬ」

不思議な男であった。

口にするところを聴いてみればその通りなのだが、何かがここひとつずれている。

「妙な漢《おとこ》じゃ」

義清はつぶやいた。

「何がでござります」

「その口ぶりは、独りで何とかできると言うているのと同じじゃ――」

「それが、何か?」

「なれば、何故《なぜ》、あの時、我らに助けを求めたのじゃ。それだけの胆《はら》があれば、昼に、自分でなんとかできたのではないか――」

義清は、しばらく前にも思ったことを口にした。

「昼は、人眼《ひとめ》がござりましたれば」

「人眼？」

「あの時、あそこで騒ぎを起こしたり、放免どもの顔を潰《つぶ》したりすれば、しばらくあそこで商いができませぬ」

猿に似た貌《かお》が、どこか、笑っているようにも見える。

「では——」

申が、頭を下げて、また、ゆこうとした。

「待て」

それをまた、義清がとめた。

「おれもゆく」

義清は、申を見、

「性分じゃ」

そう言って清盛を見やった。

「おれもゆこう」

清盛は、顎《あご》を引いてうなずき、

「性分だからな」

笑った。

（六）

葦《あし》の中に、義清《のりきよ》は身を潜めている。

左に清盛《きよもり》、右に申《さる》が、同様に身をかがめて細い呼吸《いき》を繰り返している。

義清は、左手に、弓と矢を一本握っていた。

さきほど襲ってきた男たちのひとりが、落としていったものだ。

鴨川の流れの音が、絶え間なく響いている。

さやさやと、小さく葦が風に音をたてている。足元には、葦の間を下ってきた小さな流れがあって、小石の隙間《すきま》を通る水音が、ちろちろと聴こえていた。

河原の方から、岸を眺めるかたちで、三人は葦の中に隠れている。

闇の向こう――岸の上に、柳が生えていて、その横の草の中に、小屋があった。

川を流れてきた流木で建てた小屋だ。

枝を払い、長さを合わせた丸太を四隅に立て、梁《はり》を渡し、屋根を架け、草でふいた小屋である。

壁は、草や小枝を編んだものを芯にして、そこらの泥を塗りつけたものだ。

流木は、一度水が出れば、新しいものがいくらでも手に入った。

小屋の中央には、河原の石を周囲に置いて作ったものらしい炉があって、そこで、赤あかと火が燃えていた。

男たちの声が、三人が身を隠している葦の中まで届いてくる。

「あれだな」

清盛が、低い声で囁《ささや》いた。

「はい」

申がうなずく。

小屋の壁は隙間だらけだ。

出入り口に、上から筵《むしろ》が掛かっているが、それも半分以上が破れており、中の様子がそこそこには見てとれるのである。

ひとつ、知った顔が見えた。

赤ら顔の髯面《ひげづら》――

「屠黒丸《とぐろまる》じゃ」

清盛がつぶやく。

先ほど、倒した男ふたりの顔をあらためたが、屠黒丸の顔はなかった。

その屠黒丸の顔が、筵の破れ目から見えている。

「さきほどはしくじったわい」

屠黒丸の声が聴こえてくる。

「我らが襲うというのが、どうしてわかったのか――」

「六人で充分じゃと言うていたのは誰《たれ》じゃ。それが尻尾《しっぽ》を巻いて逃げてきおって――」

その声に、別の声が賛同する。

「襲うことが知られていたなどと、つまらぬ言いわけじゃ」

「おう、六人いて、相手はふたり。襲うのがわかってもわからいでも、どうにでもなろうがよ」

話を聴いていると、何人かはこの小屋に残り、何人かが襲うために出ていったらしい。

酒に酔ったような声で話をしているのは、残った者たちであろう。

「ふたりがやられ、ひとりは、足を断たれて、虫の息じゃ」

「放免ともなると、性根までが弱くなるものらしいなあ――」

放免と、そうでない者たちも交ざっているようである。

「かわりに、娘をひとり、さろうてきた」

これは屠黒丸の声であった。

「おう、あの放下師《ほうかし》の娘か」

「どういうつもりか、堀川の舟の上に、独りでおったのでな」

「それだけが、青犬よ、ぬしが手柄じゃ」

「あまりおれを愚弄《ぐろう》すると、ぬしにはさせぬぞ――」

姿は見えぬが、話の様子からすると、やはり娘は、あの時、この者たちの誰かにさらわれて、今は小屋の中のどこかにいるらしい。

「八人だな」

清盛がつぶやいた。

壁の隙間や、筵の破れ目から見える人影と、声の数を数えると、それくらいはいるであろう。

足を断たれた者がいても、その男は闘えぬであろうから、人数のうちには入れなくていい。

「どうだ、義清、ひと息に斬《き》り込むか」

清盛が言う。

ふたりで、いきなり斬り込めば、何人かは斬りふせることができよう。そうすれば、さきほどと同様、残った者は逃げ出すであろう。しかし、問題は、娘だ。

娘を人質にとられた場合は、その生命《いのち》が危うくなるおそれがある。

「はやるな、清盛」

義清が、今にも太刀を引き抜いて走り出しそうな清盛を制した。

「鰍《かじか》と言うたか、あの娘がどこにいるか、まずそれを見極めるのが先じゃ」

義清が言った時、

「おりました」

申が小さく声をあげた。

「どこじゃ」

義清が、右にいる申の方に身を寄せて問うた。

「あそこに」

なるほど、申の横に並んで、義清が小屋を眺めると、壁の隙間から確かにあの娘——鰍の姿が見えた。

さっきまでの義清と清盛の位置からだと、角度が悪くて見えなかったのだが、申のいる位置からだと、娘の姿が見える。

顔を、右に振ったり、左に動かしたりしながら様子をさぐると、娘は、向かって左側の奥の隅に、うずくまるようにして腰を下ろしている。

その横に男がひとりいて、粘っこい眼つきを鰍の身体《からだ》に這《は》わせているのが見える。

「義清様、ここより、あの隙間へ矢を射かけ、あの男を倒すことはできましょうか」

申が、試すようなことを言った。

その隙間は、ちょうど、大人の拳を縦にふたつ並べたくらいの大きさであった。その隙間と、男と、自分とが真っすぐに並んだ時にならそれが可能になる。しかし、それは、理屈の上の話だ。隙間を通して、なお、男の身体まで矢を通すには、さらに細かい技が必要になる。

「やって、やれぬことはない」

正直に、義清は言った。

そこへ響いてきたのは、清盛の声であった。

「ぬしがやったらどうじゃ、申よ」

「わたしが？」

「おう。どのみち、我らが来なかったら、独りでやるつもりであったのであろうが。ぬしが、独りで彼奴《きやつ》らをどうするのか、それを、まず、見させてもらおうか――」

確かに清盛の言う通りであった。

義清も、それを見てみたい。

「承知いたしました」

申は、あっさりとうなずいた。

「では、わたくしが、これより、あの者たちの動揺を誘いまする故、ころあいを見たところで、鰍に一番近い男を、その矢で射抜いていただけましょうか。それを合図に、斬り込みましょう」

そういうことになった。

申は、左右の腰に差していた短い刀を、二本とも背の方にまわし、浅く腰を浮かせた。

申が、葦の中を移動し、ひと抱えもありそうな岩が、砂中から顔を出しているところまで動いた。

腰を落とし、岩を抱えるようにして、岩肌に耳をあてた。

申は指先で、その岩を叩《たた》き、

「違う……」

つぶやいて、また浅く腰を浮かせ、そろりそろりと動く。

「何をしているのだ」

清盛が声をかける。

「捜しているのでござります」

「何をだ」

「岩を」

言いながら、申は、ふたつめをすませ、みっつめの岩が砂中から顔を出しているのへ抱きついて、同様に耳をあてた。

月明かりの中で見ても、黒い岩であった。

指で叩く。

耳を離し、

「ござりました」

申が言った。

申は、足元から、猫の頭ほどの大きさの石を拾いあげ、それを右手に握った。

黒い岩の前にしゃがみ、申は、
ごつり、
ごつり、
と、その岩を小さく叩き始めた。

同じ間隔、一定の呼吸で、石で岩を叩く。

その音が、闇の中に響く。

「何の真似《まね》じゃ」

清盛が問うても、もう、申は答えなかった。

石で、岩を叩く音が、はたしてあの小屋まで届いているのかどうか。

義清にも、申が何をしようとしているのかわからない。

よく見れば、いつの間にか、申の唇が動いている。申が、口の中で、何か唱えている。いや、謡《うた》っているのか。

低い、声であった。

何かの呪文か祭文《さいもん》――あるいは経か、真言か。

その声が、少しずつ大きくなってくる。

うむるわれうーとぅー
うむるわれうーとぅー

われよぶるすくぬうむるー
われのぶるすくなうむるー

何と言っているのか。

何を謡っているのか。

いや、今はそれを考えている時ではない。

義清は、小屋に視線を向けた。

弓に矢を番《つが》え、浅く引いて、待った。

よるはわじゃ
のるはわじゃ
こしめしませ
こしめしませ
われよぶるすくぬうむるー
われのぶるすくなうむるー

地の底からふつふつと湧《わ》き出てくるような低い声であった。

その声が、だんだんと大きくなってくる。

義清は、その声を聴きながら、壁の隙間を睨《にら》んでいる。男の姿が、時おり、その隙間から覗《のぞ》いたり、消えたりする。

〝むっ〟

と、義清は口から出そうになった声を呑《の》み込んでいた。

何かが、見えたような気がしたのだ。

何であるかはわからない。

黒いものだ。

何か。

わからない。

例えて言うなら、小屋の周囲にわだかまっている夜の闇——それが、もぞり、と動いたように見えたのである。

人影か、あるいは獣の影か。

そうではないように見える。

人にしろ、獣にしろ、そうであればいずれにしろかたちあるものだ。それは、かたちがない。にもかかわらず、そこにあるようにも、ないようにも思える。

気のせいであったのか。

いや、気のせいではなかった。

もぞり——

と、またそれが動いたのである。

しかも、それは、少しずつその数を、あるいは量を増してゆくようであった。小屋の周囲に、それがひしひしと集まってくる。

薦《こも》の隙間から見えていた炎の色が、その時、揺れた。

炎そのものが揺れたのではない。炎と義清との間を、何かが通り過ぎたのである。

しかし、それによって炎が見えなくなったりはしなかった。

黒い影と見えたが、それは影ではないのかもしれない。この大気が、影にあっては影に、闇にあっては闇になるように、それもまた、闇の中では闇に見えるのかもしれない。

何かの、気配のようなもの——

その見えぬ気配が、小屋の周囲に凝《こ》ってゆく。

と——

小屋の中が、ざわつきはじめた。

座っていた者は立ちあがり、立っていたものは、後方に退《さ》がった。

皆、一様に、その視線を小屋の入り口に向けている。

壁の隙間から、あの男が見えた。

義清は、葦の中に立ちあがっていた。

矢を番えた弓を引き絞る。

放った。

矢が、壁の隙間に、真っすぐに吸い込まれていった。

（七）

小屋の中には、九人の男がいた。

そのうちのひとりは、右足首から先が失《な》くなっており、小屋の隅に転がされていた。血がたくさん流れ出したのか、すでに虫の息で呼吸も細い。

屠黒丸《とぐろまる》は、火の前に座して、欠けたかわらけの中の酒を飲んでいた。

鰍《かじか》の横には、前歯の欠けた男が座して、先ほどから、何度も鰍の手首を握ってくる。

その時、誰かが声をあげた。

「おい、誰ぞ来たか」

その男は、炎に向けていた顔をあげ、入り口の方を見やって、いぶかしげな眼つきをした。

皆の視線が、入り口の方に動いた。

誰もいない。

「馬鹿、誰も来はせぬ」

「人が入ってくれば、薦《こも》が動く。何も動いてはおらぬではないか」

そういう声があがった。

最初に声をあげた男は、不満そうな表情で、また炎に視線をもどした。

しかし――

壁の隙間や薦の隙間から、それは、小屋の中に、ゆっくりと少しずつ這《は》い込んでくることをやめなかった。

「いや、誰かおる——」

今度は、別の男が声をあげた。

「誰かとは、たれのことじゃ」

屠黒丸が、かわらけから濡《ぬ》れた唇を離して言った。

「た、たれかじゃ……」

その男が言った時——

「母《はわ》さまじゃ」

女の声が響いた。

鮲であった。

大きくはないが小さくもない声——しかし、そこにいる全員に聴こえる声であった。

「本当じゃ、母さまじゃ」

最初に声をあげた男が言った。

「確かに母さまじゃ」

次に声をあげた男が、立ちあがりながら言った。

しかし、ふたりは別々の方向を見ている。一方が、入り口を。一方は横手の壁を見つめている。

「何も、見えぬ……」

言った屠黒丸の表情が、次の瞬間こわばった。

鳶の方を見やりながら、

「やや、あれは確かに我がお袋どのじゃ……」

かわらけを手に持ったまま、唸《うな》った。

その騒ぎが広がってゆく。

「ほれ、あそこの壁の隙間より、母さまが覗《のぞ》いてござる」

「壁の穴から、母さまがこちらへ這い込んできたぞ」

それぞれが、それぞれの方向を見ながら、

「あれは、国へ残してきたお袋じゃ」

「まさかよ、我が母は、三年前に死んだはずじゃ――」

小屋の内部が、ざわめいた。

皆が、立ちあがっていた。

そこへ――

壁の隙間から、ひょう、と矢が入り込んできた。

その矢が、鰍の傍《そば》に立っていた、歯の欠けた男の左肩へ、ぶっつりと突き立っていた。

「わあっ」

男は、尻から地に落ち、土の上に転がった。

「何じゃ!?」

「て、敵か!?」

男たちが、腰を落として身構えた。

鰍が、身を低くしたその時、薦を撥《は》ねあげて、抜き身の太刀を握った清盛《きよもり》が躍り込んできた。

入ってくるなり、清盛の太刀が、近くにいた男を切り伏せた。

肩口から血がしぶき、炉の火の上にその血が注いで音をたてた。その火の中に、男が顔から倒れ込む。

ふたり目が斬られた。

「ひるむな、敵はひとりぞ」

屠黒丸が、かわらけを投げ捨て、

「や、き、きさま!?」

唇を歪めた。

「清盛じゃ」

清盛は、唇を吊《つ》りあげ、白い歯を見せた。

もう、清盛は鰍を背にしている。

ぎらり、ぎらりと男たちが太刀を抜いてゆく。その刃に炎の色が映る。

そこへ、横の薄い土壁から、刀の先が突き入れられた。

「ぐわっ」

近くにいた男の脇腹に、その切先《きっさき》が潜り込む。

外から、義清《のりきよ》が、太刀で突いてきたのである。

これで、もう、まともに闘える人間は四人になっている。

「まだ、敵がいるではないか」

「囲まれたか!?」

男たちはうろたえた。

見れば、太刀を握っているのは、ふたりだけだ。残ったふたりは、手に何も持ってはいない。

それでも、ここで四人を追いつめ、相手が死にもの狂いとなれば、厄介なことになる。

「失《う》せよ」

清盛が、大喝した。

「逃げる者までは斬らぬ」

そのひと言が、勝敗を決めた。

まず、手に武器を持たぬ者が、

「わっ」

と叫んで、出入り口の薦に向かって身体ごとぶつかって、外へ転がり出ていた。

残った三人が、声をあげてその後に続いた。

義清が、太刀を手に握ったまま、小屋の中に入ってきた。

「無事か、清盛」

「おう」

答えた清盛の白い水干が、返り血で赤く染まっている。

その背後に、鰍が立っていた。怯《おび》えている様子はない。澄んだ眸《め》で、清盛の後方から義清を見つめていた。

矢で肩を射られた男、清盛に斬られたふたりの男、義清に突かれた男——そして、先に堀川で足首を斬られた男が、小屋の地面に転がって呻《うめ》き声をあげている。

死んだ者はいないが、このうちの何人かはもう助かるまいと思われた。

その中に、屠黒丸はいなかった。

「鰍……」

薦をくぐって、申《さる》が小屋の中に入ってきた。

清盛の背後から、鰍が歩み出てきて、申の前に立った。

「うまくやったな」

申が問うと、鰍は、こくんと顎《あご》をひいてうなずいた。

「ようやった」

申の手が、鰍の頭を撫《な》でた。

申は、あらたまった顔で、清盛と義清を見やり、

「清盛さま、義清さま、ありがとうございます。おかげで、妹がもどりました」

頭を下げ、膝《ひざ》に掌《て》をあてた。

「礼にはおよばぬ。借りを返したまでのことじゃ」

清盛が、太刀の血を、自分の水干の袖でぬぐい、鞘《さや》に納めた。

「申……」

まだ、抜き身の太刀を手に握ったまま、義清が申に声をかけた。

「はい」

「おまえ、何をした」

「何を、と申しますと?」

「おまえは、石を叩《たた》いて、何かを唱えた。あれは、何だったのじゃ」

義清が訊《たず》ねた。

「呪《まじな》いにござります」

「何の呪いじゃ」

「何と問われましても……」

申が口ごもった。

「今、おまえは、そこの鰍に〝うまくやったな〟と言うた。鰍はうなずいた。鰍が、何をしたというのだ。それも、おまえの言う呪いと関わりがあるのか」

「関わりと申されても……」

「どうなのじゃ」

義清がなおも問うと、

「おい、義清、何のことを言うておるのじゃ」

清盛が訊ねてきた。

申は、小屋の中を、視線でひと舐《な》めするように見回し、

「清盛さま、義清さま、ひとまず外へ――」

ふたりをうながした。

小屋の中は、血腥《ちなまぐさ》い。その臭《にお》いを避けたかったのか、それとも、まだ息ある者たちに、これから話すことを聴かれるのを避けたかったのか。

外へ出た。

河原に、風が吹いている。

申と鰍が立ち止まる。

清盛と義清も立ち止まる。

義清は、もう、太刀を鞘に納めている。

「そう言えば、小屋の中がにわかに騒がしくなったが、あれは、ぬしがやったのか」

申に問うたのは、清盛であった。

「はい」

申が答えた。

「石を叩き、呪《しゅ》を唱え、あの者たちに呪《まじ》をかけましてござります」

「放免どもめ、母者《はわじゃ》が見えたとか見えぬとか言うておったようだが……」

「呪《まじ》と申しましても、ここでとてもひと口に言えるようなものではござりませぬ。今度《こたび》のことで申せば、わが呪《しゅ》にて、あの者たちの心を乱しておいて、そこへ、何か、きっかけを与えねばなりませぬ」

「ほう、きっかけとな」

「わが呪《しゅ》を耳にして、このわたしが何をしようとしているのか、わが妹にはわかったのでござりましょう。それで、鰍が、あの場へ、そのきっかけとなるものを石の如《ごと》くに放り投げたのでござりましょう」

「どのようなきっかけじゃ」

「おそらく、言葉でござりましょう」

申が言った。

「言葉!?」

清盛が問うた。

あの時、鮲が口にした言葉は、小屋の中にいた者には聴こえたが、申を含め清盛や義清のところまでは届いていない。

「何か言うたのか、娘?」

清盛が訊ねた。

鮲は、清盛を見やり、次に、その眸を申に転じていた。

「言いなさい」

申が言った。

鮲が、ぽつりと言った。

「母様《はわさま》じゃ、と——」

「やはり、おまえが言うたのだな、母様と——」

申が納得したような口調でうなずいた。

「母さま!?」

清盛には、その意味がわからない。

「何故、母さまと?」

重ねて清盛は申に問うた。

「半分、呪《まじ》に掛かっている者たちに向かって、そこに獅子がいると申せば、その者たちのうち、半数ほどは、あるいは獅子の姿を見るやもしれませぬ。しかし、半数は、獅子の姿を見ることはないでしょう。これは、獅子の姿を実際には誰も知らぬからでござります。しかし、何人かは、獅子の絵姿を見た者もござりましょう。その者たちが、獅子じゃという言葉を耳にした時、そこに獅子の姿を見ることになるのでござります」

「で、母様か――」

清盛は、呑《の》み込みが早い。

申が説明した呪の術理を、それなりに理解した様子であった。

「母親ならば、誰でも知っております。生まれてすぐに母と死に別れた者でさえ、各々《おのおの》その心の裡《うち》に母の姿は思い描いておりましょう。母様じゃと言われれば、誰もが皆、そこに己《おのれ》なりに母の姿を見てしまうのでござります」

「しかし、そこの娘が、すでにそこまで、人の心を操る術に長《た》けておるとは、なかなかたいしたものではないか。なあ、義清よ――」

「うむ……」

低く、義清はうなずいた。

「どうじゃ、申。その呪とやら、このおれにかけることはできるか――」

清盛が問うと、

「できませぬ」

申が言った。

「できぬ？」

「清盛様のお心は、揺らいでおりませぬ。気力がその体内に充実しております。このような方は、呪にはかかりませぬ」

「そういうものか」

「はい」

申は、うなずき、顔を伏せ、またその顔をあげた。

月光が、そのあげた顔にあたる。

義清と、眸が合った。

申の眸が、小さく光る。

違う――

と、義清は思っている。

今、申が言ったことは、いずれも本当のことであろう。

だが、まだ口にしていないことがあるのではないか。騙《だま》したり、偽りを言ったりはしていないまでも、まだ隠していることがあるのではないか。

それは、あの、黒い影のようなもののことだ。自分が、小屋の中で本当に申に問いたかったのは、そのことなのである。

それを問おうとしたら、外に出ようと申が言い出したのだ。

それで、はぐらかされた。

申が、意図的にはぐらかしたのか、それとも――

まさか、申自身にも、あれは見えていなかったのか。

あれが見えたのは、自分だけであったのか。

「申よ」

清盛が言った。

「は!?」

「どうじゃ、このおれに仕えぬか」

「清盛様に?」

「そうじゃ。気がむいたら、好きな時におれを訪ねて我が屋敷にまいれ。呪師《のろんじ》の申と言えば、いつでも目通りできるようにしておこう」

清盛は、まだ血臭のする袖を風の中に翻《ひるがえ》し、申に背を向けた。

「義清、ゆこう」

清盛が歩き出した。

義清は、鰍と申を見やった。

申が、微笑した。

義清は、無言で申と鰍に背を向け、清盛を追って、月光の中を歩き出した。

巻《まき》の二　魔多羅神《またらじん》

中納言長谷雄卿《ちゅうなごんはせおきょう》――

宇多《うだ》天皇の頃の人で、名を紀長谷雄《きのはせお》といった。

文章博士《もんじようはかせ》であった。

学九流《がくきゅうりゅう》にわたり、芸百家に通じて、世に広く知られていた。

学九流というのは、儒家《じゅか》、道家《どうか》、陰陽家《おんみようか》、法家《ほうか》、名家《めいか》、墨家《ぼくか》、縦横家《じゅうおうか》、雑家《ざっか》、農家《のうか》の九つの学のことで、これらの全《すべ》てに、長谷雄卿は通じていたというのである。

詩人としても名高い。

鬼と詩を合作したという噂《うわさ》もあった。

ある夕刻――

内裏《だいり》へ出かける用事があって、長谷雄卿が自分の屋敷を出ようとしていたところ、そこへ、ひとりの男が訪ねてきた。

この男、眼元《めもと》は涼しげで、まなこには才気が溢《あふ》れており、ただの人とも思われない。

話がある、というので、長谷雄卿は、この男を屋敷へあげた。

男は言う。

「つれづれに侍《はべ》りて双六《すごろく》を打たばやと思給《おもひたまふ》に、そのかたき、おそらくは君ばかりこそおはせめと思ひよりてまゐりつるなり」

自分は、双六が好きで、しばしばおりを見ては打っているのだが、この道に入ってからこれまで負けたことがない、どうかして、この道の優れた相手を見つけ、心ゆくまで双六の勝負をしてみたいものだとかねて考えていた——その相手としてふさわしいお方と言えば、

「長谷雄様、あなたをおいて他にござりませぬ」

ぜひとも双六の勝負がしたい、と男は言うのである。

双六——骰子《さい》を振り、白黒の石を置いて勝ち負けを争うのだが、ようするに、博打《ばくち》である。

双六ならば、長谷雄卿も得意とするところだ。ここのところ、誰とやっても負けたことがないのは、男と同じだ。

見れば、男は、人品骨柄《じんぴんこつがら》卑しからず。

眸《め》は切れ長で、鼻高く、柿色の狩衣《かりぎぬ》を着て、袴《はかま》は白と黒とに染め分けている。薄平括《うすひらぐくり》の赤い紐《ひも》が、袖口に覗《のぞ》いている。

長谷雄卿は、参内《さんだい》の直前であった。すでに正装の束帯《そくたい》姿であり、黒袍《くろほう》の下に着た単《ひとえ》の紅《あか》が、首上《くびかみ》や、袖口から見えていた。

しかし、内裏での用事といっても、人をやって明日にすると伝えればそれですむほどのものだ。

「お受けいたしましょう」

長谷雄卿は、そう答えていた。

突然のことではあったが、いや、突然のことであればこそ、そこに興《おもしろみ》があるというものである。

「何処《いづく》にて打つべきぞ」

と問えば、男は、

「これにては悪《あ》しく侍りぬべし。我が居たる所へ在《おは》しませ」

自分の所で打とうと言った。

「どこへなりとも」

いったん覚悟を決めてしまうと、長谷雄卿も気が大きくなっている。

「では、こちらへ」

と、男が案内するままに、外へ出た。

屋敷の者はとめたのだが、とめられればとめられるほど、長谷雄卿も意地になっている。

「誰《たれ》もついてくるなよ」

そう言い残し、供の者も連れずに、ただ独り、徒歩《かち》で男の後をついていった。

やがて——

「ここでござります」

と、男が足を止めたのは、朱雀《すざく》門の前であった。

すでに、陽《ひ》は山の端に半分没しかけており、紅《あか》い陽光が、門の上部に当たっている。

「この楼上にて打つべし」

男は言った。

これはまたなんとも風流な——

長谷雄卿は、すっかりこの趣向が気にいってしまった。

男に手をひかれて門の上にあがると、そこには、灯火が点《とも》されていて、双六盤が置かれてあった。

双六盤をはさんで、長谷雄卿は、男と向かいあった。

「さて、賭物《かけもの》は何にいたしましょうかな」

そう言ったのは、長谷雄卿である。

「わたくしめは、これを――」

男が言うと、門上の暗がりの中から、しずしずと歩み出てきたものがあった。

唐衣《からぎぬ》を身に纏《まと》った女であった。

その身体《からだ》が、ほのかな光に包まれている。

灯火が揺れ、ぷうんと沈香《じんこう》のよい薫りが漂ってきた。

その女をひと目見るなり、長谷雄卿は恋に落ちてしまった。

これまで、ただの一度も、夢にさえ見たことのない美しい女が、そこに立っていたのである。

この世のものとは思われない美女であった。肌の色、眸《め》のかたち、鼻、ふっくらとした唇、そのどれをとっても非の打ち所がない。

魂を奪われた。

「わたしが勝ったら、このお方を自分のものにできるのかね」

「もちろんでござりますとも」

男はうなずいた。

「で、長谷雄様、あなたは何を賭物になさいますか――」

「我が持ちたる金子《きんす》の全部を――」

長谷雄卿が言うと、

「ふん」

と、男は鼻で笑った。

「それでは、とても、この女を賭物にするわけにはまいりませぬ」

「何故《なにゆえ》じゃ」

「この女は、わたくしの全《すべ》てにござります。わたくしはそれを賭物にしようというのに、あなたさまは、たかだか金子ばかりのことではござりませぬか――」

「なれば、何を賭物にすればよいのじゃ」

「全てを――」

「全て？」

「身に持ちと持ちたらむ宝を、全て奉るべし」

「わ、わかった」

長谷雄卿はうなずいていた。

「わたしは、この都に幾らかの土地を持っておる。屋敷もある。さらには、漢書など万巻の書も有しておる。金子も含めて、我が持ちたるものの全てを賭けようではないか――」

「さすがは長谷雄様、この遊びのなんたるかを心得ていらっしゃる。いったん口になされたこと、一度吐いた唾《つば》はもう呑《の》み込めませぬぞ」

「む、むろんじゃ」

そうして、双六の勝負が始まった。

骰子《さい》を最初に振った時には、陽はすっかり沈みきり、夜になっていた。

長谷雄卿は、負けなかった。勝ちに勝ち続けた。

そのうちに、

「むうむ、むむうむ……」

負ける度に、相手の男が唸《うな》りはじめた。

人品あやしからぬ顔つきであった男のその表情が、唸る度に変わってゆく。

顔色が赤くなり、さらには青くなった。

「む、むむむ……」

負けるうちに、唸り声の後にはきりきりと歯ぎしりをするようになった。

顔は、赤黒くなり、青黒くなった。

ばりばりと歯を嚙《か》み鳴らす。

ぬうっ、ぬうっ、と、男の口の上下左右から牙が伸び、唇を突き破った。

髪はぼうぼうと蓬《よもぎ》のように逆立って、その間から、みしりみしりと音をたてて、ねじれた角《つの》が生え出てきた。

これは鬼ではないか——

長谷雄卿は、鬼と双六を打っていたのである。

声をあげて、逃げ出したかった。

しかし、逃げて逃げられる相手ではない。

灯火の傍《かたわ》らに、あの女が座して、凝《じ》っと勝負の行方を見守っている。

勝てば、この女を自分のものにできるのだ。

それだけを念じながら、長谷雄卿は、双六を打ち続け、勝ち続けた。

鬼は、おうおうと、泣きながら打ち続けたが、長谷雄卿に勝つことはできなかった。

やがて、東の空が白みはじめた。

鬼の顔が、いつの間にか、疲れ果てたような、もとの男の貌《かお》にもどっていた。

「今は申すに及ばず。さりともとこそ思ひ侍りつれ。辛くも負け奉りぬるものかな」

ぐったりとなって、男は、自分の負けを認めたのである。

「では、そこな女、我がものにしてよいということだな」

長谷雄卿が言うと、

「ぐむむ……」

男は歯を軋《きし》らせ、

「くれてやるわ。この女、おまえにくれてやる。おまえの喉笛《のどぶえ》喰《く》いちぎって殺してやりたいところだが、おれは鬼じゃ。鬼なれば、約束はたがえぬ。この女、くれてやるわ……」

その両のまなこから、血の涙を流した。

「よいか、長谷雄よ、よく聴くがよい。この女、くれてやるかわりに、ただひとつ、約束をせよ。どれほど手を出したくとも、これより百日の間、この女に触れてはならぬぞ。よいか、このこと、くれぐれもおまえに申し伝えておく」

そうして、長谷雄卿は、女と共に朱雀門を下り、無事に、自分の屋敷へもどることができたのであった。

女は、本当に美しかった。

その晩、すぐにでも女を抱き寄せ、唇を吸い、自分のものにしてしまいたかったが、長谷雄卿はそれを我慢した。

鬼との約束があったからである。

しかし、指さえ触れてはならぬと言われれば、想《おも》いはさらにつのる。ましてや、相手はこの世ならぬ美しい女である。

それは、女の方も同じであった。

自分に絶対に触れようとせぬ長谷雄卿に、女も想いをつのらせたのである。

「どうして、あなたは、わたくしを抱いてはくださらないの」

愛《うら》みごとを言った。

「あの鬼と約束をしたからじゃ、百日の間、おまえには触れぬとな」

長谷雄卿は、女が愛《いと》しくてならない。

用事を断っても、家に女と一緒にいるようにした。断りきれぬ用事で外へ出た時には、女に会いたくて、気が変になりそうであった。

八〇日目のある晩――

月が美しい夜であった。

女は、切ない眸で、長谷雄卿を見つめながら言った。

「あなたは、わたくしのことをお好きではないのですね」

拗《す》ねている。

「そんなことはない。わたしは、おまえのことが、好きで好きでたまらないのだよ。もう、気が狂ってしまうほどなのだよ」

「それならば、どうして、わたくしのこの口を吸ってくださらないの。どうして、わたくしのこの乳に触れてくださらないの」

「だから、鬼と約束をしたのだ。それを守らないと――」

「鬼との約束だなんて、どうしてそれを守らなければいけないの。もう、わたくしはあなたのものなのに。あなたがこのままなんにもなさろうとしないのなら、わたくしは死んでしまいます」

女は、長谷雄卿ににじり寄って、その袖を摑《つか》んだ。長谷雄卿の顔のすぐ下に、女の涙に濡《ぬ》れた眸があった。

もう、我慢ができなかった。

長谷雄卿は、両手を伸ばし、その腕の中に女を搔《か》き抱《いだ》いた。

襟の中に手を差し込み、その唇を吸った。

その時――

「あれ」

女の細い声が響いた。

女の唇に、自分の唇が触れたかどうかと思ったその時、長谷雄卿の腕の中で、女の重さが急に失《な》くなった。ひやり、とした冷たいものが、長谷雄卿の肌に触れた。

長谷雄卿は、それまで女が着ていた唐衣のみを抱いて、呆然《ぼうぜん》とするばかりであった。

女の姿が消えていた。

女は、綺麗《きれい》な水となって、床に流れ落ちていたのである。

「ああ――」

と、長谷雄卿は声をあげ、指で床にこぼれた水を掬《すく》おうとしたが、いたずらに指が濡れるばかりで、女の身体《からだ》はもどってこなかった。

と――

「おおん、おおん……」

と庭で、誰《たれ》かの泣く声がする。

眼をやると、月光の中に、あの狩衣《かりぎぬ》姿の鬼が立って、涙を流しているではないか。

「おお、長谷雄よ、長谷雄よ、何ということをしてくれたのだ。言うたではないか。おれは言うたではないか。百日の間、あの女に触れてはならぬと――」

鬼は、涙をぬぐいもせずに、慟哭《どうこく》した。

「あれは、このおれの生涯の傑作であった……」

長谷雄卿に、というよりは、自分に向かって言っているようであった。

「百年、かかった。百年かかって、死人の身体から、一番美しい顔、一番美しい眸、一番美しい肌、一番美しい歯、その全てを集めて付けあわせ、おれが作りあげた女であったのだ……」

鬼は、泣きながら、歯を軋らせた。

「もう、二度と作れぬ。ああ、長谷雄よ、長谷雄よ、どうして百日待てなかったのじゃ。百日待てば、あれは、完璧《かんぺき》な女となったのに……」

長谷雄卿には、もう、言葉もない。

「おれは、あの女を愛しておったのだ……」

そう言って、鬼は、月光の中で背を向けた。

「おおん……」

「おおん……」

哭《な》きながら、鬼が遠ざかってゆく。

鬼の姿が消えた後も、しばらくその哭き声が聴こえていたが、やがて、それも消えた。

あとはただ、月光の中で、庭までこぼれた女の水が、しらしらと光っているばかりであった。

――『長谷雄草紙』

（一）

「実《げ》に、奇怪なるお話にござります」

佐藤義清《のりきよ》は、溜《た》め息と共にそう言った。

「まあ、よくできた話ではある」

そう言ったのは、徳大寺実能《さねよし》であった。

たった今、鬼と双六《すごろく》をした紀長谷雄卿《きのはせおきょう》の話が終わったばかりのところであった。

話をしたのが実能で、それを聴いていたのが義清である。

この話のどこにどう心を動かされたのか、義清の白い頬《ほお》が、うっすらと赤く染まっていた。

ふたりが話をしているのは、徳大寺実能の屋敷である。

義清と実能が向かいあって座している部屋のすぐ外に、菊が一面に植えられた庭があった。

ふたりのところまで、その菊の薫りが漂ってくる。鼻から心の底まで染み透《とお》ってくるような匂《にお》いであった。奇態なる話の後に嗅《か》げば、その匂いには、どこか妖《あや》しい気配も含まれているようであった。

午後の陽《ひ》が、その菊の上に差している。

実能は、権大納言まで務めた藤原公実《きんざね》の四男である。

鳥羽《とば》上皇の中宮待賢門院璋子《たいけんもんいんたまこ》は、実能の妹であった。

実能の曽祖父《そうそふ》実成《さねなり》の頃、京の西、衣笠山の南西に山荘を構え、その敷地内に寺を建てている。この寺が徳大寺である。この藤原家が、徳大寺家と呼ばれるようになったのは、実能の時からである。

保延二年（一一三六）――

この時、実能四十一歳。

義清は、十九歳になっている。

北面の武士佐藤義清は、徳大寺家の家人《けにん》でもあったのである。

「真実《まこと》の話にございましょうか」

義清は訊《たず》ねた。

「まさか、そのようなことはあるまいが、しかし……」

実能は、口ごもった。

「しかし、何でございましょう」

「わしにも、にわかには信じられぬ話ではあるが、しかし、長谷雄卿自らは、そのように記しておられるということだな」

紀長谷雄は、都良香《みやこのよしか》に師事し、菅原道真《すがわらのみちざね》の門に入って出世した文人である。二百二十年以上も昔、延喜《えんぎ》十二年（九一二）にすでにこの世を去っている。

「まことに!?」

「自ら記された日記というか、そのようなものが残されておる」

実能は言った。

「それを、御覧《ごらん》になられたことがあるのでござりますか」

「ある」

「どちらで？」

「ここじゃ。わが家でのことじゃ――」

「なんと!?」

「もともとは、仁和寺《にんなじ》の経蔵にあったものじゃそうな」

「仁和寺に？」

「仁和寺は、宇多天皇がお建てになったも同然の寺じゃ」

実能が言った時、わずかな風の加減であろうか、ひと際濃く菊が匂ってきた。

仁和寺は、真言宗御室《おむろ》派の総本山である。

光孝《こうこう》天皇が、仁和《にんな》二年（八八六）、山城国葛野《かどの》郡内大内山の山麓《さんろく》にこの寺を建立《こんりゆう》しようとしたのだが、できあがる前仁和三年にこの世を去ってしまった。この後を継いで、仁和四年に寺を完成させたのが、宇多天皇であった。最初に法皇を名のったのが宇多天皇であり、出家後はこの仁和寺に住んだ。

「この宇多法皇に可愛がられていたのが、道真公と長谷雄卿じゃ」

長谷雄卿は、宇多法皇と会うため、幾度となくこの仁和寺に顔を出している。

その縁で、長谷雄卿は、

「仁和寺円堂供養の願文《がんもん》」

を書いたりしている。

「いったい、どのようないきさつで、長谷雄卿のお書きになった日記が仁和寺に置かれていたのかはわからぬが、宇多天皇との関《かか》わりを思えば、あっても不思議はない」

「それが、どうしてこちらに?」

「我が徳大寺と仁和寺は、隣どうしじゃ。もともとつきあいは深い。我が父公実が、仁和寺の経蔵を拝見したおりに見つけて、あちらも、どうしてこのようなものがあるのかわからぬというので、もらい受けてきたものじゃ」

「真筆《しんぴつ》にござりましょうか」

本当に長谷雄卿の書いたものかどうかと、義清は、実能に問うた。

「はて、そこまではわからぬ」

「誰《たれ》ぞが、長谷雄卿の名をかたって書いたものであるやもしれぬというわけでござりますな――」

「うむ」

実能はうなずいた。

「その日記、今もこちらにござりますか」

「それが、ないのだ」

「ない？」

「二年ほど前、源　師仲《みなもとのもろなか》殿がここへ来られたおり、その話をしたらたいへんに興味を持たれてな。ぜひとも読みたいと言われるので、お貸ししたままじゃ」

源師仲——

父は権中納言師時《もろとき》で、母は待賢門院の女房で、中宮大夫　源　師忠《ちゆうぐうのだいぶみなもとのもろただ》の女《むすめ》である。

「さきほどの話だがな、日記によれば、まだ続きがあるのじゃ」

「続き？」

「鬼より手に入れた女が、水になって消えてしまった後のことだが、長谷雄殿、なんとか再び女を作ることができぬものかと、色々と試してみたそうじゃ——」

「なんと——」

「幾つもの反魂《はんごん》の法を、あれこれ試みたとある」

「それは、うまくいったのですか」

「そこまでは、書かれていなかった。もっとも、その日記、途中で破られておったでな、あるいはその先に、その事が記されていたやもしれぬな」

ここで実能は言葉を切り、義清の顔を覗《のぞ》き込むように見やった。

「長谷雄卿だが、鬼とは縁の深い方であったようじゃな」

「と仰《おお》せられますと？」

「まず、師であった都良香殿もそうであった——」

「ほう」

「鬼と詩を作りあったそうな」

「それならば――」

義清も耳にしたことがある。

ある時、良香は琵琶湖の竹生島《ちくぶしま》にある弁天堂に出かけた。

詩想が湧《わ》いて、そこで詩を作った。


三千世界眼前尽（三千世界は眼《まなこ》の前に尽きぬ）

と作ったのだが次の句が浮かばない。その夜、考えながら眠っていると、夢のうちに弁才天が現れ、

十二因縁心裏空（十二因縁は心の裏《うち》に空《むな》し）

このように次の句を付けたというのである。

風流好きの鬼が、弁才天の姿をかりて、詩を作ったのであろうと噂《うわさ》された。

「菅原道真公が、大宰府《だざいふ》に左遷《おく》られ、憤死《ふんし》し、鬼となって都に祟《たた》られたのは知っているであろう」

「はい」

「この時もな、長谷雄卿が、ひそかに宮廷に召されて、事《こと》を問われておる」

「事を？」

「延喜八年（九〇八）のことじゃ――」

むろん、その頃、まだ実能はこの世に生まれていない。しかし、実能はこれを見たことのように語り出した。

その年――道真が恨み死にして五年後のことだが、渤海使《ぼっかいし》が日本にやってきた。

四月十四日に、歓迎の宴が催されることになっていたのだが、雷電風雨射るが如《ごと》きありさまであったため、延期となった。

これを、朝廷は菅公《かんこう》の祟りではないかと恐れ、長谷雄卿を呼んで、事を訊ねたのである。

「この天変、はたして菅公のお怒りのあらわれなりやいなや――」

実能は、唇を尖《とが》らせ誰が問うたかわからないその男の声音《こわね》を真似《まね》るようにして言った。

「で、長谷雄卿は何とお答えになられたのですか」

「それが、わからぬのだ」

実能は、小さく首を左右に振った。

「だが、それはどちらでもよい。わしが言いたかったのは、何故《なにゆえ》、長谷雄卿が召されたのかということじゃ――」

「何故なのです」

「長谷雄卿が、鬼と――つまり菅公と親しかったからじゃ。鬼と親しければ、鬼の気持ちがわかるであろうということだな」

なるほど、そういう理屈か――と義清は思う。

宮中の人間が、おろおろと慌てふためいている様子が浮かび、笑みが浮かびそうになったが、もちろん、義清はそれをこらえた。

「長谷雄卿だが、何度か鬼を見たとの話もある」

月の明《あか》りける夜、長谷雄卿が大学寮の西門から出て、礼成門の橋の上に立ち、北を眺めやると、朱雀《すざく》門の楼上に、襖《あお》を身につけ冠を被《かぶ》った人物が、詩を口ずさみながら、めぐり歩いているのを見た。その身の丈《たけ》は、上の垂木《たるき》近くまであったという。

「我、此《こ》れ霊人《りようにん》を見たり」

長谷雄卿は、そうつぶやいたという話である。

「長谷雄卿に、『落花歎《らつかのうた》』という詩がある。そこもとは、知っておるか」

実能が訊ねた。

「いいえ」

「これじゃ」

あらかじめ用意してあったのか、部屋の隅にあった文机《ふづくえ》の上に置かれていた一枚の紙を実能は持ってきた。

「今日、そこもとを呼んだのは、これを見せようと思うてのことじゃ。その前置きで、長谷雄卿が鬼と双六をした話もしたのだが、それが、うっかり長くなってしまった」

実能が差し出してきたその紙片を、義清は受け取って開いた。

詩が書かれていた。

君不見
満樹花顔咲向風　微々落々委塵中
又不見
昨日少年女　今朝変作白頭翁
栄有悴　始有終
人間誰与世無窮

君見ずや
満樹の花顔風に向かひて咲《ゑ》み　微々落々として塵中《ぢんちゆう》に委《ゆだ》ぬるを
又《また》見ずや
昨日の少年の女　今朝変じて白頭の翁《おきな》と作《な》るを
栄えには悴《おとろ》へ有り　始めには終はり有り
人間　誰《たれ》か世の無窮《むきゆう》を与《とも》にせん

「良き詩にござります」

義清は、感じたままを素直に言った。

「その詩だがな、鬼と合作したものじゃと噂されておる」

「鬼と?」

「うむ」

こういう話であった。

ある晩、長谷雄卿は、苦吟して屋敷の外へ抜け出したというのである。

最初の句、
　君不見
　満樹花顔咲向風　微々落々委塵中
まではできている。

その先が浮かばない。

——どうしたものか。

その句をぶつぶつとつぶやきながら、黙々と朱雀大路を北へ歩いてゆくと、どこからか、声がかかった。

「昨日の少年の女　今朝変じて白頭の翁と作《な》るを——」

誰かが、自分がつぶやいていた句に、次の句を繋《つな》げたのだとわかった。

ああ、これだ——

耳にした途端に、長谷雄卿には、自分の句の後に続くのはその句以外にはなかろうと思った。自分が作りあげようとしていた詩の気分にぴったりである。自分はまさに、その句を、自分の肉の深みより掘り出そうとしていたのである。

声をかけてきた何者かは、まさに長谷雄卿にかわって、長谷雄卿の内部からその句を見つけてくれたのだ。

誰《たれ》か!?

そう問おうとしたが、口は、別の言葉を発していた。

件《くだん》の声が口にした詩句を耳にした途端、もう、次の詩句が頭の中に生まれていたのである。

「栄えには悴《おとろ》へ有り　始めには終はり有り」

すかさず、何者かの声が続けた。

「人間　誰《たれ》か世の無窮《むきゅう》を与《とも》にせん」

それを耳にした瞬間――

「できた！」

悦《よろこ》びのあまり、長谷雄卿は叫んでいた。

なんともみごとに、最後の詩句が、この詩を括《くく》っているではないか。

過不足がない。

すると、
からから
と嗤《わら》う声が闇の中にあがって、

「よかったなあ、長谷雄――」

何者かの声が言った。

「どなたです。どこにいらっしゃるのですか」

長谷雄卿は、闇に向かって声をかけたのだが、返事はない。

これほどの句を生み出すことのできる者は、そうはいない。さぞや名のある人物であろうと長谷雄卿は思った。

「どうか、お名前を――」

何度も問うたが、やはり返事はなく、長谷雄卿の周囲には、ただ、しんしんと夜の闇が満ちているばかりである。

（二）

「なんとも、あはれなる話にござりますなあ」

しみじみとした口調で、義清《のりきよ》は言った。

「鬼も、詩を作るのでござりましょうか」

「作るさ」

実能《さねよし》は言った。

あたりまえではないか――声にはそういう響きがこもっている。

「鬼も詩を作る。鬼も歌を詠《よ》む。いや、鬼なればこそ、詩を作り、歌も詠むということであろうな」

「鬼なればこそ?」

「そうじゃ。人がな、歌を詠むというのは、あれは、人の中《うち》に棲《す》む、鬼が歌を詠ませておるのじゃ。鬼が、詩を作らせるのじゃ」

「はあ」

「長谷《はせ》雄卿《おきょう》が、鬼と詩を作ったというのも、あるいは、御自身の心の中に棲む鬼とのことであったやもしれぬ」

「そういうものでござりましょうか」

「いずれ、わかる」

実能は自分でうなずき、

「このことを言うておくために、今日はそこもとを呼んだのじゃ」

義清を見やった。

「先般のこと、わしも鼻が高い……」

「先般？」

「鳥羽院《とば》の南殿《なでん》でのことじゃ。そなたの作った歌、誰《たれ》もが誉《ほ》めておった」

「あのことでござりまするか」

義清は、ようやく、この日、実能に呼ばれたその理由が呑《の》み込めた。

三日前――

中納言藤原宗輔《ふじわらのむねすけ》が、三〇台に余る牛車《ぎつしや》を従えて、ふいに鳥羽離宮の南殿にやってきたのである。

これを聴いて、宗輔を出迎えたのが、離宮のあれこれを預かっている藤原公重《ふじわらのきんしげ》であった。

見れば、牛車と共に、きらびやかな衣《きぬ》に身を包んだ供回りの者たちも並んでいる。

「これはいかなることぞ」

公重が問えば、

「昨夜、天の星が無数に流れたは、公重殿には御存知《ごぞんじ》か」

仰々《ぎようぎよう》しい声で、宗輔が言った。

「陰陽師どもが騒いでいた、流星《ながれぼし》のことなら知っておる」

確かに、昨夜、天空に数えきれぬほどの星が流れている。公重も、家人《けにん》に起こされてそれを見ている。

天の一角より、ひと晩中星が降り続けた。

「わたくしも、それを見もうした」

宗輔は、うやうやしく天を仰いだ。

「わたくしの見まするところ、あれはいずれも二十八宿のうち、朱雀《すざく》の方角は星宿《せいしゅく》に住まいいたされる、軒轅大星《けんえんたいせい》、つまり軒轅女主《じょしゅ》様、軒轅夫人様、右民角《うみんかく》殿、左民角《さみんかく》殿のお館《やかた》より流れ出《い》でました る星にござります」

「ほう」

と、公重は好奇心に満ちた眼で宗輔を見やった。

今度はどういう趣向か――

そういう眼であった。

宗輔、奇癖の人物である。

屋敷にて無数の蜂を飼い、野道に伏して一日蟻《あり》を眺めたりすることもある。笛・舞に長じ、今様《いまよう》も唄《うた》う。

「昨夜、これを眺めておりますれば、あろうことか、天より降《ふ》りましたる星、いずれも我が屋敷の坪《つぼ》(中庭)に落ちてまいりました。あやしう思うて見てやれば、これがまたいずれも、匂《にお》いやかな衣《きぬ》を競いたる、天人、天女たちにござりました」

「ほう!?」

「何故《なにゆえ》、我が屋敷に参られたかと問いたれば、天人のひとりが、降りる所を間違えたと言うではございませぬか」

失礼をばいたしました。我ら、天の星宿に住まいいたす者でございまするが、天より眺むれば、彼《か》の地にひと際美しき宮《みや》が見えるではございませぬか。いつか、あのお屋敷に参《もう》でてみたいと皆々とかねて思うていたところ、今夜、ようやくに一同心を合わせ、星宿より、その宮に向かって、皆々共に舞い降《くだ》ったわけでございます。

天人の声色《こわいろ》を真似《まね》て、宗輔が言う。

「それが、降る場所を間違えたと、彼《か》の者たちが言うのでございまするよ」

「それで?」

「よくよく訊《たず》ねて問い質《ただ》しましたるところ、ようやっとわかりもうした。天人たちがゆこうとしていました宮こそ、この離宮にござりました」

それは、間違えたのではない――

宗輔は彼の者たちにそう言ったというのである。

「あの離宮は、この地上の尊い天子様の住まいいたすところなれば、降《くだ》るのはもとよりかなわぬ。わが屋敷に降《ふ》りたるは、この宗輔に離宮まで案内《あない》させようという、天帝のおぼしめしであろう」

それで、天人たちを牛車に乗せて、ここまで案内《あない》してきたのだと、宗輔は言うのである。

その数、数千――

「それはそれは――」

公重も、宗輔の趣向の一端を理解した。

「では、これへ――」

宗輔とその一行を、南殿《なでん》へと導き入れた。

この頃には、噂《うわさ》を耳にして、離宮のあちこちから人が集まっている。北面の者たちもおれば、非番の者も、非番ではない者たちまでもがそこへ顔を出し、簀《す》の子の上、階段《きざはし》の上、渡殿《わたどの》の上、あるいは直《じか》に庭から、事の成りゆきを見守っている。

その視線の中で、宗輔はうやうやしく車に向かって頭を下げ、

「さて、では星宿より参られた皆々様、こちらが、皆様のいらっしゃりたかった、麗《うるわ》しの宮《みや》にございます」

御簾《みす》を持ちあげた。

「ささ、おまえたち、皆様方を御案内もうせ――」

宗輔が言うと、共に来ていた者たちが、車の中から、「天人」たちを降ろし始めた。

それは、夥《おびただ》しい数の菊の花であった。

まず、最初に出てきたのは、星を思わせる、無数の小さな白菊たちであった。

それらの菊たちが、次々に車から下ろされてゆく。

大きな白菊が出てきた時には、

「おう、これはこれはようおいでくだされました、軒轅女主様」

満面の笑みを浮かべて、宗輔自らが、その大輪の白菊を抱えて庭に下ろした。

「おう、これは右民角様、左民角様」

ふたつの黄色い菊を、これもまた宗輔が抱えて下ろした。

これを眺めていた宮の者たちは、声をあげて悦《よろこ》び、笑った。

宗輔が、天人たちに見立てて、菊の花を離宮へ持ってきたのだとわかったのである。

牛車三〇台——

その菊が、南殿の坪（庭）を埋めた。

菊の薫りがあたりに満ちた。

この趣向を、鳥羽上皇もたいへんにお悦びになり、菊を愛《め》でての、時ならぬ宴《うたげ》となったのであった。

もちろん、その場に、北面の武士であった清盛《きよもり》も、義清もいた。

心得ある者たちが歌を詠むこととなり、義清にも、短冊が渡された。

「おれは、不調法じゃ」

清盛は、さっさとそれから逃げたのだが、義清は筆を取った。

そこで詠んだのが、

　君が住む宿の坪をば菊ぞかざる仙《ひじり》の宮《みや》とやいふべかるらん

という歌であった。

次のような意である。

〝上皇がお住まいになる御殿の中庭には、菊こそかざるにふさわしい花でございます。それで、上皇の御殿のことを、仙人の住む仙洞《せんとう》と言ったりするのでしょうね〟

この歌が、宮中で評判になった。

「とっさのおりに、あれだけ詠めればたいしたものじゃ」

「南殿《なでん》を仙洞御所《せんとうごしょ》に喩《たと》えるところなど、なかなかのもの」

実能も、その時その場にいたから雰囲気はよくわかっている。

なにしろ、宗輔がやってきたのは突然のことであった。歌合わせなれば、日取りも前もってわかっているから、あらかじめ歌を作っておくことはできるが、あれは、あの場でいきなりである。

「あのようなおりにこそ、人の、もって生まれた才がわかるのじゃ」

実能の声は、弾んでいる。

「この歌を詠んだのは誰《たれ》じゃ」

上皇からそう問われて、

「佐藤義清にござります」

実能は答えている。

「義清？」

「我が徳大寺の家人にござります」

これで、義清は、宮中でも名を覚えられたことになる。

「この話をしようと思うてぬしを呼んだのじゃ。しかし、前置きがいささか長くなってしまった――」

長谷雄卿の話をしたことを実能は言っているのである。

「さようでござりましたか」

うなずいた義清の顔を見つめ、

「どうしたのじゃ」

実能が訊ねた。

「嬉しくはないのか？」

「嬉しゅうござります」

義清は言った。

しかし、義清は、特別に悦んでいるという表情をしていない。むしろ、先ほど、長谷雄卿の話をしていた時の方が、嬉しそうと言えば嬉しそうであったのではないか。

「何ぞ、不満でもあるのか」

「いいえ」

不満というほどのものではない。

だが、義清は、まだ、心に何かひっかかるものがある様子である。

自分の作った歌を誉《ほ》められて嬉しくなくはないが、義清としては妙な気分であった。

あのような歌でよいのか――

そう思っている。

あのような歌なら、いくらでもできる。はっきり言ってしまえば、才だけで、器用さだけで作った歌ではないかと義清は思っている。

確かに悪くはない。

しかし、心の底から迸《ほとばし》ったものではない。

おべんちゃらの歌だ。上皇は悦ぶであろう。だが、それだけのことではないか。

実能が語ってくれた長谷雄卿のことで言えば、鬼が作るようなものではないような気がする。しかし、それをここで口にするわけにはいかない。そのくらいは心得ている。

実能は、無邪気に悦んでいるのである。

「義清よ、そなた、歌の手ほどきは誰にされた?」

実能が、話題を変えて、そう訊ねてきた。

「清経《きよつね》様にござります」

「源清経殿か――」

源清経――

義清にとっては、母方の祖父にあたる人物である。

「清経殿なら、わしも世話になった。なかなかの人物であったが、妙なお方であったな」

「妙?」

「出世を望まぬところがあった」

「はい」

義清はうなずいた。

清経には、確かにそういうところがあった。

妙な人物であった。

奇態の漢《おとこ》――そのように言われたこともある。

「まだ、このわしが生まれる前であったか、大監物《だいけんもつ》になられたおり、浮かぬ顔をしておるので、誰かが清経殿に問うたそうじゃ、どうなされたのかとな。そうしたら――」

「迷惑じゃ、と」

義清が言った。

「そなたも噂は聴いておったか」

「はい」

「任《にん》ばかりが重うなって、遊ぶに不自由じゃと、そう申されたそうじゃ」

大監物というのは、中務省《なかつかさしょう》に属する職で、大蔵・内蔵の倉庫の出納監理《すいとうかんり》が仕事であった。官位は従五位である。

「何かのおり、尾張国《おわり》へ下って、帰ってきた時には、女を連れていたそうな」

それは、承徳《しょうとく》元年（一〇九七）、実能二歳の時の話だ。

用事があって尾張国へ下り、もどる時に清経はふたりの女を伴っていた。

ひとりは、目井《めい》という女で、もうひとりが乙前《おとまえ》という女である。この時、目井は五十六歳、乙前が十二歳であった。

「それがなあ、その目井という女、遊び女《あそめ》で、しかも、清経殿より十いくつも歳上《とし》であったということじゃ……」

義清も、その話を耳にしたことがある。

乙前は、目井の養女であり、清経が、目井に生ませた女というわけではなかった。

ふたりを都まで連れてきた清経は、そのまま、目井を妾《めかけ》とし、乙前を自分の娘として、都で一緒に暮らしはじめたのである。

この歳上の女の面倒を、清経は最期までみた。

康和《こうわ》二年（一一〇〇）、目井が五十九歳で死ぬ時、その手を握っていたのは清経であったのである。

「あんな、歳が上の女の、どこがよかったのじゃ」

後《のち》になって、誰かが訊ねた時、

「あれは、今様を唄うのがなかなか上手でなあ」

清経は、そう言ったというのである。

自らも今様を唄い、歌も詠む。蹴鞠《けまり》も名人。双六《すごろく》もやる。

空に浮く雲が、風のままに動き、姿《かたち》を変え、流れてゆくように生きている——端《はた》から見ると、清経にはそんなところがあった。

「菊を南殿に持ち込んだ宗輔殿と通ずるところもあるにはあるが、清経殿からは妙な俗臭がせぬ。そういうところが、宗輔殿と違うと言えば違うところであろう」

実能は、義清が心の裡《うち》で思っているのと同じことを口にした。

「わたくしも、そう思います」

義清は言った。

実能は、清経のことを思い出そうとでもするかのように、遠い眼つきになって、

「不思議なお方であった……」

そうつぶやいた。

「わたくしに、蹴鞠の手ほどきをしてくだされたのも、祖父様《おおじ》にござりました」

祖父——すなわち、清経のことである。

「そうじゃ、耳にしておるぞ。そなたは、競馬《くらべうま》、流鏑馬《やぶさめ》、笠懸《かさがけ》もやるそうじゃな」

「まだまだ未熟者にござります」

「いやいや、なかなかの腕前と聴いておるぞ。一度、それを見せてもらおう。それを天下に披露する機会も、この実能が作ろうではないか——」

「披露？」

「そなたの容姿《みめ》は、肌の白さといい、貌《かたち》のよさといい、まるで女子《おなご》のようじゃ。それでは、色々とやりにくいこともあろう。一度、皆々に、歌だけではないことを知らしめておくのは、悪いことではない」

「はは——」

義清は、頭を下げた。

顔をあげ、庭へ眼をやった。

傾いた午後の陽《ひ》の中に、菊が匂っている。

庭のむこうに離れが見えており、そこへ渡殿《わたどの》が続いている。

その渡殿を、衣《きぬ》の裾《すそ》を引きながら、ひとりの女房が、離れの方へ渡ってゆくのが見えた。

すぐに、その女房の姿は離れへ消え、見えなくなった。

はて——

どこかで見たことのある女のような気がした。

だが、すぐには思い出すことができない。

実能も、その女の姿を見たらしく、

「客じゃ」

言いわけするように言った。

「客?」

そう言えば、思いあたることがあった。

この日、実能の屋敷に足を運んだ時に、車宿《くるまやどり》に八葉車《はちようのくるま》が入っているのを見たのである。

「いろいろと、たいへんでな……」

言葉を濁すように、実能はつぶやいた。

自分がたいへんなのか、その客がたいへんなのか、どちらともつかぬ言い方を実能はした。

「なれば、これにて、おいとまいたしましょう――」

義清が言うと、

「それには及ばぬ。約束じゃ、酒《ささ》の用意も、飯《まま》の用意もある。泊まってゆけ」

実能が言った。

話をしている間にも、菊に当たっていた陽が、もう、庭から逃げていた。

「では――」

あらためて、義清は頭を下げていた。

（三）

灯火をひとつだけ点《とも》し、義清《のりきよ》は、闇の中に座していた。

夜の庭を眺めている。

背後には、すでに夜具の用意がされていたが、まだ、義清は眠る気になれなかったのである。

真上から、庭に月光が差している。

青い、透明な闇の中で、菊がいっそうの匂《にお》いを放っている。闇に、濃く菊の匂いが溶けている。

しばらく前に飲んだ酒が、まだ身体《からだ》の中に残っていた。

夜気は冷たかったが、ほどよく酒の入った身体には、それが、むしろ心地よかった。

酒が入っているのに、意識は、冴《さ》えざえと澄んでいる。

〝人の中《うち》に棲《す》む鬼が歌を詠ませておるのじゃ〟

実能の言葉がまだ胸のどこかに残っている。

自分の中にも、そういう鬼が棲んでいるのであろうか。

義清は、我が胸に問うた。

わからない。

と――

ほろり、
と、どこからか、楽の音《ね》が聴こえてきた。

箏《そう》の音《ね》であった。

誰《たれ》かが、どこかで、箏を弾いているのである。

どこで弾いているのか。

身体の底まで染み込んでくるような音《おと》であった。

庭に咲く、白菊、小菊、紫の菊——それらの菊が、ほろほろと月光の中で音《おと》をたてているようでもあった。

いつの間にか、義清は立ちあがっていた。

簀《す》の子へ移り、そのまま、誘われるように庭へ降りていた。素足であった。冷たい地面に足が触れて、意識がさらに澄みわたる。

月光の中に立った。

見あげれば、空に雲が浮かび、動いている。その雲の間に、光る鞠《まり》のように月が浮かんでいる。

菊の群《むれ》の中に、義清は立っていた。

なんという匂いか。身体の隅々まで、その匂いと、箏の音《ね》に満たされている。

誰が弾いているのか。

音《おと》は、向こうに黒い影となって見えている離れの方から聴こえていた。

闇の中で、ひそひそと何かが動いているようであった。庭石の陰、草の陰、樹《き》の陰に、黒い、影の如《ごと》き何かの気配が蠢《うごめ》いている。

それが、少しずつ、寄り合い、集まりあって気配を大きくしてゆく。その眼に見えぬものたちが、地を這《は》うようにして動き出してゆく。

箏の音《ね》のする方《かた》へ――

――あの時と同じだ。

義清は思う。

一年前、清盛と共に、鴨川の河原で鰍《かじか》を助け出した時だ。

申《さる》が石を叩《たた》いた。

そのおりに見えたもの――いや、見えたと思ったもの。

あの時は、申が石を叩く音《おと》であった。そして、申が唱えた呪《まじ》の声であった。

今は、箏の音《ね》だ。

あの気配が、今、義清の周囲に満ちている。

そして、動いている。

菊の香を、衣《きぬ》の如くに自分の身にまとわりつかせながら、義清は、歩を踏み出していた。

その箏の音《ね》の聴こえる方《かた》――離れへ向かって。

自身が、その気配と同化してしまったような気がした。自分もまた、箏の音《ね》に魅《ひ》かれてゆく影たちのひとつなのだと、義清は思った。

それにしても、なんという音色であろうか。

胸が、締めつけられるようであった。

苦しい。

狂ほしい。

その音《ね》が、義清には、深い哀《かな》しみに満たされているような気がした。

この御方《おかた》は、泣きながら箏を弾いていらっしゃるのではないか。

黒い影と共に、義清は、離れを右手に見ながら歩いてゆく。

角までやってきて、そこを曲がった。

楓《かえで》の樹があり、その下に植え込みがあった。

植え込みの中で、義清は足を止めていた。

向こう——正面に、離れの簀の子にあがる階段《きざはし》があった。その階段をのぼった簀の子の上に、唐衣《からぎぬ》を纏《まと》った女が座して、箏を弾いていた。

庭の闇と、月光を挟んで、義清は女と向きあっている。

女の左右に、脚の長い燈台《とうだい》が一本ずつ立てられており、そこに、灯火がふたつ点されていた。

女は、箏を弾くのに夢中で、義清に気づいていない。

艶《あで》やかな、箏の音《ね》であった。

その音《おと》が、天から降りてくる月光をからめとって、闇の中で淡く光っている。

他に、誰《たれ》もいない。

義清と、女と、ただふたりである。

これは、夢か——

義清は、そう思った。

義清の眼から、ひと筋、ふた筋、涙がこぼれて頰《ほお》を伝った。

しかし、義清は、自分が涙を流していることに気づいていない。

嗚呼《ああ》——

義清は、眼を閉じていた。

身体が、箏の音《ね》で満たされてゆく。何という曲であるのか、義清にはわからない。その音の中に自分の肉体が浮いているようであった。

箏の音《ね》が止《や》んでいた。

義清は、閉じていた眼を開いた。

女が、顔をあげていた。

その眸《め》が、義清を見ていた。

女は、泣いていなかった。

しかも、女は、その口元に、ほんのりとあるかなしかの笑みさえ浮かべていたのである。

眼の玉をはたかれたような気がした。剣でいうなら、いきなり斬《き》りつけられたようなものであった。

義清は、自分の身に——いや、自分の心に何が起こっているのか、わからなかった。

どういう心の準備もせぬままに、自分は何ものかと出会ってしまったのだと思った。

不用意に、その前に立ってしまったのだ。

それを、喩《たと》えられない。

肉も、心も、まったく無防備なまま、得体《えたい》の知れぬ獣の前にこの身がさらされてしまったのだ。

斬られた——

そう思った。

喰《く》われた——その獣に。

夕刻──離れへと渡殿《わたどの》を渡ってゆく女の姿を見たが、その女ではないことは、炎の灯《あか》りの中でもわかった。今、向こうからこちらを見ているのは、あの、車宿《くるまやどり》に置いてあった八葉車《はちようのくるま》、あれに乗ってここへやってきた女であろう。

「そなた、人か……」

ふいに、女が言った。

よく通る声であった。

奇妙な言い方であった。

その言い方は、はじめ、義清を見た時、人とは思っていなかったということになる。

しかし、そこまで義清の気はまわらない。

背筋を伸ばした。

「わたくし、当家の家人《けにん》にて、北面の佐藤義清と申す者にござります」

凜《りん》とした声で言った。

「佐藤義清……」

女は、何事か思い出そうとするかのように言葉を切り、

「三日前、離宮にて、〝仙の宮《ひじりのみや》〟の歌をお作りになった者ですね」

そう言った。

「左様にござります」

義清が言うと、女は笑った。

童女のような貌《かお》になった。

「お許し下され。あまりに美しき箏の音に誘われて、思わずこれまで立ち入ってしまいました」

「そなた、泣いておるのか？」

女が訊《たず》ねた。

問われて、初めて、義清は自分の頬を伝っているもののことに気がついた。

泣いていたのか、このおれが――

「何という曲かは存じあげませぬが、箏の音《ね》の美しくも哀しい調べに、知らず涙がこぼれたのでござりましょう」

「『想夫恋《そうふれん》』じゃ……」

女が言った。

「は？」

「今、弾いていた曲の名じゃ」

「『想夫恋』……」

その曲の名を、義清は口の中でつぶやいた。

見やると、女は、静かに義清を見つめている。その双眸《そうぼう》に、炎の灯りが映っているのが見える。

童女の如《ごと》き容姿《みめ》のうちに、ひどく艶《なま》めかしいものが潜んでいるように思えた。

その仕種《しぐさ》、声、しゃべる時の赤い唇の動き……

「皮肉な曲ぞ……」

女が言った。

「皮肉？」

義清は、問うた。

女は、小さく首を左右に振って、

「もう、よい……」

やっと聴き取れるほどの声でつぶやいた。

この時になって、ようやく、義清は気がついていた。

あの、箏の音《ね》に魅かれるようにして、地を這《は》い、集まってきていたものたちが、いつの間にか箏の音の止《や》むのと共に見えなくなっていることを。

思わず、義清は周囲を見回していた。

「何を捜しているのじゃ……」

女が、訊ねてきた。

「いいえ、何も……」

義清は、そう答えていた。

話したところで、わかってもらえるようなことではない。

女は、不思議そうな眼で、義清を見、

「そなた、もしかして、あれが見ゆるのか……」

そう言った。

言われた瞬間、どきり、と義清の心臓が音をたてた。

あれ!?

あの、影のようなもののたちのことか。

そうなのか？

そうだ。

それ以外に何が考えられるのか。

義清は自問し、そして自答していた。

見えるのだ。今、あそこにいる唐衣を着た御方《おかた》にもあれが見えるのだ。

「あなたさまにも、あれが見えるのでござりまするか――」

義清が言った時、

「女院《にょいん》様――」

女の声が響いてきた。

「どなたかいらっしゃったのですか」

その声が近づいてくる。

義清は、理解していた。

今、自分の前にいる女が誰であるのかを。

〝女院様〟

と、ここで呼ばれる方と言えば、ただ独りしかいなかった。

待賢門院璋子《たいけんもんいんたまこ》――

鳥羽《とば》上皇の妻にして崇徳《すとく》天皇の母――そして、徳大寺実能《さねよし》の妹である女性であった。

普段は、常に御簾《みす》の向こうにいて、直《じか》に顔を見る機会《こと》などほとんどない雲上《うんじょう》の女性であった。

義清は、言葉を失って、そこに立ちつくした。

すぐに、ひとりの女房が現れた。

あの、渡殿を歩いていた女であった。

顔を知っているわけだ。何度か義清とも顔を合わせたことがある。

待賢門院に仕えている女房で堀河局《ほりかわのつぼね》であった。

〝なかなかたいへんでな……〟

実能の言っていた言葉の意味が、ようやくわかった。

待賢門院ならば、鳥羽上皇を中に置いて、藤原長実《ながざね》の娘得子《なりこ》との間に確執がある。上皇は今、得子のもとへばかり通って、待賢門院は〝夜離《よが》れ〟の状態にあるはずであった。

やってきた堀河局は、すぐに、庭にいる義清に気がついた。声をあげようとするのを、待賢門院璋子が制して、

「佐藤義清殿じゃ……」

璋子は言った。

「我が箏の音《ね》に魅かれ、こちらまで参ったのじゃ」

潮時であった。

「よき箏にござりました」

頭を下げ、植え込みの中で数歩退《さ》がってから背を向け、義清は、闇の中に姿を消したのである。

巻《まき》の三　文覚発心《もんがくほっしん》

祇園精舎《ぎをんしやうじや》の鐘の声、諸行無常《しよぎやうむじやう》の響《ひびき》あり。沙羅双樹《しやらさうじゆ》の花の色、盛者必衰《じやうしやひつすい》の理《ことはり》をあらはす。おごれる人も久しからず、唯《ただ》春の夜の夢のごとし。たけき者も遂《つひ》にはほろびぬ、偏《ひとへ》に風の前の塵《ちり》に同じ。

——『平家物語』

（一）

桜が散っている。

風もないのに、花びらが枝から離れてゆく。

その下の、草の中に腰を下ろし、佐藤義清《のりきよ》は、散りゆく桜を眺めている。

堤の上だ。

義清の周囲には、野萱草《のかんぞう》、仏の座、繁縷《はこべら》、春の草が萌《も》え出ている。

低く垂れた桜の枝に、二頭の馬が繋《つな》がれていた。

桜の樹《き》の向こう側に立っているのは、平清盛《たいらのきよもり》である。清盛は、足元でちぎったばかりの草の茎を、その口に咥《くわ》えている。

日野――

義清と清盛は、ふたりで、鳥羽《とば》院の離宮からここまで駒を走らせてきたところだ。

すぐ下方を、川が流れている。

下って、下流で宇治川に注ぐ川だ。

ぬるくなった水の面《おもて》が、陽光を浴びて光っている。

すでに、汗はひきはじめていた。

荒かった呼吸も、整いかけている。

あたり一面に、春の気が溢《あふ》れている。

すぐ向こうでは、柳の新芽が風に揺れている。

その春の化粧《けわい》の中を、桜が散る。

しかし――

義清の頭の中を占めているのは、あの箏《そう》の音《ね》であった。

息が、苦しい。

胸が、痛い。

心が猛《たけ》っている。

桜を眺めているだけで、整いかけていた義清の呼吸が、また荒くなってきそうであった。

草を踏む音が、近づいてきた。

その音が義清の背後で止まった。

「おい、義清――」

後ろから、声が響いた。

義清が振り返ると、さっきまで桜の向こうにいた清盛が立っていた。

「何を考えている」

さっきまで口に咥えていた草の茎を、清盛は右手に持って、指先でもてあそんでいる。

「何も考えてはおらん」

義清は言った。

「女のことであろう」

清盛は、春の野に眼をやったまま言った。

「違う」

義清は言った。

「違うものか。この三月ほど、おまえはいつもそんな面《つら》をしている」

「そんな面とはどういう面だ」

「そういう面だよ」

「そういう?」

「想《おも》うにまかせぬ女がいると、その面が言うておるではないか」

「――」

「欲しければ、奪えばよいではないか」

清盛は、あっさりと言った。

「奪う？」

「身体《からだ》をさ」

「なに⁉」

「心など、あてにするな。心は奪えぬ。ならば、身体を奪えばよい。心が、身体についてくること
もあろう」

「そういうものではなかろう」

「やはり、女のことか」

清盛は、笑った。

清盛は、持っていた草の茎を、指先ではじいた。草の茎は、足元の草の中に落ちて、他の草とま
ぎれてどれが清盛が持っていたものであったのか、すぐにわからなくなった。

「言うほど、簡単なことではない」

「誰ぞの妻か、あるいはよほどのやんごとなき御方《おかた》ということか」

清盛は言った。

義清は答えない。

黙したまま、風景と落ちてくる桜を眺めている。

「ならば、生命《いのち》をかけることだ」

きっぱりと、清盛は言いきった。

「生命を？」

「うむ」

「どういうことだ」

「わからん」

わからぬ――と言う時も、清盛の口調は潔い。

不思議な漢《おとこ》であった。

「生命をかけたとて、うまくゆかぬものはゆかぬだろう」

「あたりまえではないか。生命をかけて事《こと》が成るのなら、楽なものだ」

「清盛よ、おまえ、何が言いたいのだ」

「生命をかけるのであれば、しかたがなかろうということだ」

「何がしかたがないのだ」

「許すしかあるまいということさ」

「許す？　誰《たれ》が許すのじゃ」

「天だ」

「天？」

「事が何であれ、それが生命をかけたものであるのなら、善、悪を問わず、天もそれを許すであろうよ」

抽象的な思考も、この漢が口にすると、眼に見えるもののようになる。よく切れる剣で、その対象をひと息に斬って両断するようなわかり易《やす》さが、清盛の言葉にはあった。

しかし、義清はうなずかない。

桜を睨《にら》むように眺めている。

そもそも、遠駆《とおが》けにゆこうと、清盛を誘ったのは、義清である。

南殿《なでん》からこの日野まで、ほとんどひと息に駆けてきた。伏見、岡屋でも休んでいない。猛《たけ》る心を、さらにせきたてるようにして、ここまで駆けてきたのである。

馬を駈《か》っている時だけは、多少なりとも気がまぎれた。

義清は懐に手を入れ、紙と矢立てを取り出した。

紙を左手に、筆を右手に取った。

「何をする気だ」

清盛が問うた。

「鬼が騒ぐのだ」

義清は言った。

「鬼だと？」

清盛の問いに答えるかわりに、義清は紙の上に筆を走らせた。筆先が紙に触れてから、書き終えるまで、止まらなかった。

ひと息に書いた。


伏見過ぎぬ岡屋《をかのや》になほ止《とど》まらじ日野まで行きて駒試《こま》みむ

歌であった。

「こんなものか」

義清は言った。

「みごとなものだな」

義清の手元を、上から覗《のぞ》き込んでいた清盛が言った。

「おれに、歌の良し悪《あ》しはわからぬが、手に迷いがない」

「今、できたのだ」

「今？」

「今、頭に浮かんだのだ」

嘘《うそ》ではなかった。

歌が頭に浮かび、浮かんだ時にはもうできていたのである。字数を数えることもしなかった。字数が、余ろうが、足らなかろうが、それはどうでもよい。生まれたその瞬間の勢いを、そのまま書きとめただけだ。

「そういうものか」

「ああ」

義清は、うなずき、

「おれは、絃《いと》だ」

そう言った。

「絃？」

「おれは、箏の絃なのだ」

心が揺れる。

心がざわめく。

その心の揺れや、ざわめきが、佐藤義清という箏の絃を鳴らすのだ。その時生まれる音が、歌になるのだ。

義清はそう思っている。

その心の揺れ、ざわめきが、実能《さねよし》の言った〝鬼〟というものなのであろうか。

「義清よ、おれには、おまえという人間がようわからぬ」

清盛は言った。

「わからぬが、しかし、おもしろい」

「おもしろい？　おれがか」

「見ていて、飽きぬ」

「ふふん」

義清は、筆を納《しま》い、矢立てを懐にもどし、歌を書いた紙は、畳んで左袖の中に入れた。

義清の脳裏には、あの晩、実能の離れで箏を弾いていた待賢門院《たいけんもんいん》の姿がある。

義清は、立ちあがって、清盛を見やった。

「おい」

義清は、清盛に声をかけた。

その眼が、清盛の背後に向けられていた。

「どうした」

「馬が、一頭しかおらぬ」

「なに!?」

清盛は、振り返った。

義清の言った通りであった。桜の枝に、手綱《たづな》を結んでおいた二頭の馬のうち、一頭の姿が消えていたのである。

清盛の馬であった。

眼を転ずれば、堤の上を、向こうへむかって一頭の馬が駆けてゆくのが見える。

桜の枝に結んでおいたはずの手綱が、ゆるんではずれてしまったのであろう。

「逃げたか」

清盛は、向こうへ走ってゆく馬を、そこに突っ立って眺めている。

馬は、全速力で駆けているのではない。ただ歩くのよりは、やや速いくらいの速度である。人の足で、追えぬ速度ではない。

「追わぬのか」

義清が訊ねた。

「かまわん。そのままにしておけばよい」

清盛の声は、落ちついている。

「それよりも、見よ、義清——」

清盛は、春の野に眼を転じながら言った。

水が流れ、草が萌え、風景のところどころに桜がある。

風に、その桜の花びらが、天に巻きあげられてゆくのが見える。

「動いてゆく」

清盛は言った。

「季節が動いて、桜が散れば、じきに夏じゃ」

「うむ」

「急げ、義清」

「急ぐ？」

「刻《とき》は、待たぬぞ」

清盛の眼は、彼方《かなた》を見ている。

「いずれは、おれたちも、あの桜のように散るものじゃ。その前に、想《おも》いあらば急げ。女が欲しくば、奪え」

清盛は、自分に言い聴かせるように言った。

その時——

「清盛様——」

背後から声がかかった。

義清と清盛は、後ろを振り返った。

そこに、人が立っていた。

その人は、さっき、向こうへ駆けていった清盛の馬の手綱を握っていた。逃げた馬を捕らえ、ここまで曳《ひ》いてきたらしい。

「おまえ……」

義清は、その、馬の手綱を握った人物を見やりながら、思わず声を出していた。その人物の顔が、知ったものであったからである。

ちんまりとした、小さな体軀《たいく》、鋭い眼つき――

「申《さる》――」

義清は、その漢の名をつぶやいていた。

二年前、東市《ひがしのいち》で出会った、あの呪師《のろんじ》の申が、清盛の馬の手綱を握ってそこに立っていた。

「お久しゅうございます、義清様――」

猿に似た、皺《しわ》の浮いた顔に、わずかな笑みを浮かべて申は言った。

「今は、おれの家人《けにん》じゃ」

清盛は言った。

「まだ、おまえには言うていなかったが、ちょうど、ひと月ほど前、ふらりとこの男が我が屋敷に現れてな――」

二年前、鴨川の河原でしたお約束、覚えておいでてございますするか――

清盛に、そう言ったのだという。

義清も、覚えている。

清盛は、この申に、自分に仕えぬかと声をかけ、気が向いたらいつでも我が屋敷へ来いと、そう言ったのである。

「今は、清盛様にお仕えしております」

申が、頭を下げた。

「不思議な漢でな、いつも影の如《ごと》くにおれについてくる。気配を見せぬ。このように、何かあれば、姿を現して、その何かの始末をつけてくれるのじゃ」

「我らが馬を走らせている時、この申もついてきたというのか――」

「ここにいるということは、そうであろう」

「どうやって？」

「馬で駆けてきたか、その足で走ってきたかは、おれは知らぬよ。訊ねてみるか」

義清は、申を見やった。

申は、薄い笑いを唇に浮かべながら、黙したまま、義清の視線を受けている。

腰の左右に、あの短い刀を二本差しているのも、あの時のままだ。

「あの時、妹がいたはずだが――」

義清は、別のことを訊ねていた。

「鳥羽院様のところじゃ」

清盛が、かわって答えた。

「十日ほど前より、南殿《なでん》にあがっている」

言いながら、清盛は、申から手綱を受け取り、馬に跨《また》がった。

「ゆこう、義清」

馬上から声をかけた。

義清は、桜の枝から手綱をほどき、自分の馬に跨った。

「それ」

先に、清盛が駆け出した。

義清は、申を見やり、

「それ」

馬の尻を叩《たた》いて、清盛の後を追った。

疾《はし》る。

疾る。

しばらく駆けて後方を振り返ると、堤の上の桜の下に、ぽつんと申が立っているのが見えた。

視線を前に転じて、義清は、さらに馬に鞭《むち》を入れた。

（二）

三月半ば——

遠藤武者盛遠《えんどうむしやもりとお》は、摂津国《せつつのくに》渡辺にいた。

今日《こんにち》で言う、大阪市中央区の天満《てんま》橋と天神橋の間の南、八軒家《はちけんや》のあたりである。

この頃、住吉社や四天王寺の参詣《さんけい》が京の流行《はやり》であり、上皇や貴族たちは、京から淀川を下って、この渡辺津《わたなべのつ》で上陸し、社や寺に参詣した。さらにこの地は、熊野参詣の陸路の起点ともなっていたのである。

摂津源氏　源　頼光《みなもとのよりみつ》の四天王のひとりである、渡辺綱《わたなべのつな》――すなわち源　綱《みなもとのつな》が、この地を拠点とした。源姓渡辺氏、遠藤渡辺氏を中心とする渡辺党の本拠地がこの渡辺津であった。

遠藤盛遠もまた、この渡辺党の一員である。

この渡辺津で、淀川に架かる新しい橋が、ようやく完成したのが、この春のことだ。

盛遠が、京よりこの地までやってきたのは、その渡辺橋完成の儀式――橋供養があったからである。

渡辺党の主だった者たちの多くがこの地に集まっていた。

盛遠が、まかされていたのは、周辺の警護であった。兵士を四〇人ほど預かって、供養がとどこおりなく終わるよう、人を要所要所に立たせ、見廻《みまわ》りをさせた。

このおりの盛遠のいでたちはと言えば、紺の村濃《むらご》の直垂《ひたたれ》に、黒糸縅《くろいとおどし》の腹巻きに袖を付けて、折烏帽子《おりえぼし》を被《かぶ》り、顎紐《あごひも》を掛けてそれをしっかりと留めていた。

左の脇に手挟《たばさ》んでいるのは、帯状の銀を二筋通して柄《つか》に巻いた野太刀である。

やがて、供養も終わり、だんだんと人も退《ひ》けていった頃――

賑《にぎ》やかな、女の声が耳に届いてきた。

北側の橋のたもとから、三間《けん》ほど東にある桟敷《さじき》の中から、何人もの女房たちが出てくるところであった。

その声が、聴こえてきたのである。

色艶《あで》やかな衣《きぬ》を着た女房たちが、笑ったり、さざめいたりしながら、次々に現れてくる。

盛遠は、それを、橋の上から眺めていた。

と──


ひときわ、人目を引く女がいた。

紅の張袴《はりばかま》に、紅地　幸　菱文様《さいわいびし》の単《ひとえ》をつけ、その上に、赤の亀甲花菱《きっこうはなびし》の地文に濃赤《こき》の亀甲花菱の丸の上文《うわもん》を配した衵《あこめ》を重ねている。

一番上には、萌葱《もえぎ》色をした丈の短い衣をはおっている。

髪を梳《と》き下げて後ろに長く垂らしていた。

顔を右手に持った扇で隠すようにしているので、貌《かお》だちまでは見てとれないが、盛遠の眼は、その女房から離れない。

輿《こし》に乗ろうとする時、女は、扇を持った右手で簾《すだれ》をかきあげた。

その時、ちらりと女の横顔が見えた。

「あっ」

と、思わず盛遠は声をあげていた。

その女の面だちが、あまりに美しかったからである。

歳《とし》の頃なら、十七、八歳であろうか。

すぐに、女の顔も姿も、簾の向こうに消えて見えなくなったが、その姿と顔が、あざやかに盛遠の眼に焼きついた。

女の乗った輿が、遠くなってゆく。

呆然自失《ぼうぜんじしつ》して、盛遠は、小さくなってゆくその輿の行《ゆ》く方《かた》を眼で追った。

「お、おい」

盛遠は、近くにいた者に声をかけた。

「あの女は誰じゃ」

「どの女だ」

女、と言っても、すでにその姿は見えない。

「今、そこで、輿に乗った女じゃ。ほれ、あそこに遠くなってゆく、あの輿じゃ」

「なれば、袈裟《けさ》殿ではないか」

「袈裟殿!?」

「源 渡《みなもとのわたる》殿の妻女じゃ」

「なに!?」

盛遠は、唸《うな》った。

源渡は、同じ北面の仲間で、ともに統子《むねこ》内親王に仕えている間柄であったからである。

源渡の妻が、袈裟御前と呼ばれていることは、以前から知っていた。

しかし、その顔を見るのは今日が初めてであった。

しかも、袈裟御前の母なら、自分にとっては、父方の親族でおばにあたる女である。だが、おばとは言っても、めったに会うことはなかった。

これまで、縁あってずっと奥州の衣川《ころもがわ》に住んでいた女であった。

夫であった人物が流行病《はやりやまい》で死んで、こちらにもどってきた。衣川に住んでいたということから、誰から言い出したのか、いつか、この女のことを、

〝衣川殿〟

と呼ぶようになった。

かつては容姿《すがた》や貌《かお》だちも優れていて、気立てもよく上品であったが、今は女の盛りも過ぎて、通う男もいない寡婦《かふ》である。

娘が、ひとり、あった。

名をあとまといったが、衣川の娘であったことから、いつのまにか「袈裟」と呼ばれるようになった。

この袈裟の器量が評判となった。

衣川も若い頃は美しい女であったが、袈裟はそれ以上に美しかった。

眉はみずみずしく、赤い唇のその口付きも可愛らしい。喩《たと》えるのなら、芙蓉《ふよう》の花。肌は雪の如《ごと》くに白い。

およそ、天下に美女と呼ばれる女たちが持つもので、この袈裟に欠けているものはひとつもなかった。

器量だけではない。その心持ちも情け深く、もののあはれもわかり、仏への信仰もまたあつかった。

この袈裟を見初《みそ》めて、妻としたのが源渡であった。

その夜——

盛遠は、眠れなかった。

眠れぬままに、外へ出た。

月が出ていた。

歩く。

淀川の堤に出た。

萌《も》え出たばかりの、桜の若葉が、なやましく匂《にお》っている。

その下を歩くと、ざわり、ざわりと、葉桜が揺れる。

盛遠は、きりきりと歯を噛《か》んだ。

ざわり、ざわりと、桜の青葉が盛遠の心のように揺れている。その葉桜の音が、盛遠の心の中の炎をかきたてる。

その炎に、肉があぶられている。

あの女——袈裟のことが頭から離れない。

今、自分が歩いているこの瞬間にも、あの袈裟は、あの源渡と同じ閨《ねや》の中にいるのかもしれない。

源渡が、あの袈裟の身体《からだ》を抱き、熱い温度をもった言葉をその耳に注ぎ込んでいるのかもしれない。

それを思うと気がおかしくなりそうであった。

このおれは、いったいどうしてしまったのか。

自分に、何が起こったのか。

これまでにも、女を欲しいと思ったことはある。

一度や二度ではない。毎日、毎夜、女の肉に飢《かつ》えた。女なら誰でもよい。女の肉を、思うさま組みしいて、自由にしてやりたいと思った。

その想《おも》いまでもが、今は色褪《あ》せている。

ただの女では駄目だ。

女であれば、誰でもよいのではない。

あの女、あの袈裟でなければ駄目なのだ。

その想いに、胸の肉が煮えている。

肉を軋《きし》らせながら、盛遠は、葉桜の下を歩いた。

(三)

遠藤盛遠《えんどうもりとお》という漢《おとこ》の特質は、その熱量にあった。

感情を沸きたたせる時の熱量が並ではない。

欲しいとなれば、それが何であれ、一刻も我慢が効かない。水が飲みたいとなれば、千里をかけてもただちに水を飲みにゆく。

怒る時は、その怒りで自分の臓腑《ぞうふ》が焼け焦げそうになるほど、それを露《あら》わにする。

ひとりの女が欲しいとなった途端、この漢は、全《すべ》ての女を断ってしまった。

この巨大なる量の感情を持った漢は、その欲望の量もまた並はずれていた。しかし、いったん我慢しようと決めたら、その欲望を抑え込もうとする克己心《こっきしん》もまた並はずれていたのである。

この漢の中で、ふたつの感情が軋《きし》みあい、肉を焼いた。自分の身体から、その熱に燻《いぶ》された臭《にお》いが立ち昇ってくるのではないかと思えるほどであった。

この漢は、それに四カ月耐えた。

その年の七月十三日――

夜、盛遠は、ただ独りで自分の屋敷を抜け出した。

衣川《ころもがわ》の家へゆき、中に忍び込んだ。

眠っている衣川の横に膝《ひざ》を突き、そろりと夜具を剝《は》いだ。

刀を抜いて、その切先《きっさき》の腹を、衣川の喉《のど》に押し当てた。

その冷たさに、衣川は眼を覚ました。

「騒ぐな……」

盛遠は、衣川の耳元に口を寄せて囁《ささや》いた。

「騒げば、殺す」

喉に押し当てている刀に、力を込めた。

「そ、その声は……」

「盛遠じゃ」

もちろん、その名にも、声にも覚えがある。衣川は、すぐにそれが遠藤盛遠であることを理解した。

「も、盛遠殿が、何故《なにゆえ》このような真似《まね》をなさるのでございます」

衣川は、震える声で訊《たず》ねた。

「おば殿に頼みごとじゃ」

「あなたは、甥《おい》、わたくしはおば、頼みごとなれば、このような真似をせずとも、なんなりと申して下されば、いかようにでもはからいますものを――」

「そうはいかぬ頼みごとなればこそ、このような仕儀に及んだのじゃ。我が頼みごと、聞くもよし、聞かぬもよし。聞かねば、おば殿をここで殺し、この盛遠もここで喉を裂いて死ぬまでじゃ」

「そ、その頼みとは――」

「おば殿の娘、袈裟《けさ》殿とただの一夜でよい。添わせてほしいのじゃ」

「し、しかし、袈裟は源 渡《みなもとのわたる》様の――」

「全《すべ》て承知じゃ」

盛遠の声は、低く落ちついている。すでに胆《はら》をくっている声であった。

盛遠は、刀の切先を、衣川の襟元から、ぞろりと中へ押し込んだ。

冷たい刃が、両の乳房の間に入り込んだ。

「よいか。明日の夜、また来る。その時に、袈裟がおらねば、おば殿を殺し、盛遠も死ぬ。約束を違《たが》えたり、逃げたりしても、捜し出して殺す」

「ま、まだ約束は……」

「せよ」

盛遠は、低い声で言った。

衣川は、それを約束した。

「くれぐれも、くれぐれも、お頼み申しましたぞ」

盛遠は、そう言って帰っていった。

衣川は、盛遠の姿が見えなくなってからも、まだ、身体《からだ》を震わせていた。

「なんということを約束させられてしまったのか――」

遠藤盛遠――

情のこわい漢であった。

もしも約束を違えたりすれば、必ずや盛遠は、口にした通り、自分を殺しに来ることであろう。しかし、夫ある身の自分の娘を、別の男と一夜《ひとよ》とはいえ添わせるために呼び出すのは、人の道にはずれよう。

どうしたらよいのか。

逃げたところで、盛遠は自分を見つけ出さずにはおかぬであろう。何故《なにゆえ》、このようなことになってしまったのか。

思案したあげくに、衣川は、娘に文を遣《や》った。

急に病を得て、気が弱くなってしまった。自分は寡婦であり、こういう時に独りでいるというのは、なんとも心細くてならない。人に知られるのも、大人げないので、どうかただひとりで見舞いに来てもらえぬか。病が治るまでとは言わぬ。ひと晩、ふた晩なりとも、娘のおまえが泊まっていってくれるのなら、どれほど心強いことか——

そういう文面であった。

これを読んだ袈裟は、身の回りの世話をする女童《めのわらわ》ひとりを連れて、すぐに衣川のもとにやってきた。

ふせっているのかと思ってやってきてみれば、母の衣川は、起きており、寝込んでいるわけではない。しかし、袈裟の顔を見るなりはらはらと涙を流し、衣川は泣き崩れてしまった。

「どうなさりました。何かおつらいことでもございますするのか」

袈裟が問うても、首を左右に振るばかりである。

そのうちに、衣川は、懐から短刀を取り出して、それを袈裟に手渡した。

「娘や、どうか何も訊《き》かずに、その短刀でわたしを刺し殺しておくれ」

衣川は、泣きながら言った。

「いったい突然に何を言い出すのでしょう」

「娘のおまえに殺されるのなら、わたしも本望じゃ。どうかその短刀で、わたしの喉を――」

と、衣川は白い喉を娘の前にさらした。

「わけをお聴かせくださいまし。どうして、娘が、何もわからずに実の母を殺せましょうか。どうぞ、わけを――」

袈裟も、涙を流してそう言った。

「わけというのは、遠藤盛遠がことじゃ――」

そうして、衣川は昨夜のことについて語ったのであった。

自分には、どうすることもできぬ。

「この母が死ねばすむことじゃ。覚悟はできている。どうせ死ぬのなら我が娘の手にかかって死にたい」

衣川は、さめざめと涙を流した。

「盛遠様がいらっしゃるのはいつでございますか」

袈裟は訊ねた。

「それが、今夜なのじゃ」

「今夜……」

袈裟も、突然のことに、後の言葉が出てこない。

袈裟も、はらはらと涙をこぼし、やがて覚悟を決めたように顔をあげた。

「どうして、我が手で母上様を殺《あや》めることができましょうか。知った以上は、母上様が、盛遠様に殺されるとわかって、逃げるわけにもまいりませぬ」

「あとま……」

「今夜、ここで盛遠様をおむかえいたしましょう」

「それでは、渡様に面目がたちませぬ。母が死にましょう」

自分が死ぬ——

盛遠と添う——

そう言いあったあげくに、結局、袈裟が押しきった。

袈裟が、盛遠と一夜を共にすることとなったのである。

夜になって、はたして盛遠はやってきた。

褥《しとね》に入る前、盛遠は袈裟の前に座し、

「おれは耐えた」

そう言った。

「しかし、苦しうて苦しうてどうにもならなかったのじゃ」

とろとろとした粘液質の炎を吐き出すように、盛遠は言うのであった。

「死のうとも思った。しかし、心を残して死ねば、必ずやおれは、化けて出るであろう。真済聖人《しんぜいしょうにん》が如《ごと》くに、死して鬼となり、ぬしを啖《くら》わずにはおかぬであろう」

故に、このような仕儀におよんだのである——と盛遠は語った。

直《すぐ》で、朴《ぼく》で、しかし火の如き言葉であった。

「許せ」

言い終えて、盛遠は袈裟の褥に入ってきた。

重い、熱い温度を持った岩のような身体が、袈裟の身体に触れた。

おずおずと、初めて女の身体に触れる少年のように、盛遠の手が伸びてきた。

その大きな手が、袈裟の胸元から入ってきて、乳房を摑《つか》んだ。そろそろと胸に這《は》い込んできたその動きに比べて、手と指には、思いがけなく力がこもっていた。

「痛い……」

袈裟は言った。

袈裟の唇から発せられたその声には、ただ、痛みを訴えるだけのものでない温度がこもっていた。

一瞬、盛遠の手は動きを止めた。

しかし、次に動き出した時には、手にも指にも、前以上の力がこもっていた。

「あっ」

と、思わず袈裟の口から声が洩《も》れていた。

「我慢がきかぬ」

盛遠の身体が、袈裟の身体の上にかぶさってきた。

獣がぶつかってきたようであった。

女の肉を責め苛《さいな》むように、夜明けまで盛遠は袈裟を抱いた。果てても、果てても、盛遠の飢《かつ》えはおさまらなかった。

東の空が白みはじめた頃、盛遠は、閨《ねや》へ、衣川を呼んだ。

外では、鶏も鳴いている。

やってきた衣川に、

「そちらへ座られよ」

盛遠はそう言った。

衣川は、すでに身づくろいを済ませた袈裟と、並んで座らされた。

ふたりの前に、正装をした盛遠が座している。

盛遠は、床に置かれた刀を手に取り、それをすらりと抜き放った。

まだ、陽《ひ》が昇る前の空の色を映して、刃《やいば》が冷たく光った。

刃を自分の眼の前に持ってゆき、

「ああ、人とはなんと欲深きものであろうか――」

盛遠は溜め息をついた。

「ひとたび契ってしまった今となっては、袈裟よ、ぬしをもうどこへもやりとうはなくなってしまった」

刃ごしに、盛遠は、袈裟を睨《にら》んだ。

「ぬしは、我がものじゃ」

「一夜だけとのお約束のはず」

衣川が言った。

「理不尽は、百も承知じゃ」

盛遠は、握った刀の切先を、床に突き立てた。

「たとえ、相手が夫といえども、惚《ほ》れた女をどうして他の男の元へ帰すことができようか。世の道理がどうであれ、おれは、我が想《おも》いを貫くまでじゃ」

「そんな……」

衣川の顔からは、血の気がひいている。

「山道で、獣に襲わるるのは理不尽。しかしいかに理不尽であろうが、獣に出会《でお》うたは、運命《さだめ》──」

盛遠は、眼を閉じた。

「おれが、ぬしに出会うたが不運。ぬしが、おれに見られたが不運。盛遠が不運、袈裟の不運、渡の不運──いずれも運命じゃ。出会うて契ってしまった以上は、生命《いのち》をかけた根くらべ。渡と切り結んでも、この恋、成就させずにおくものか」

盛遠は、床に刺さっていた刀を引き抜き、片膝を立てて振った。

びゅっ、
と風を切る音がした。

「なれば──」

と、それまで黙していた袈裟が、覚悟を決めた様子で口を開いた。

「わが夫《つま》、渡を殺していただけましょうか」

乾いた声であった。

「あとまよ、おまえ、何を言いだすのです」

衣川が声をあげた。

「わたくしが望んで、渡様と夫婦《みょうと》となったわけではござりませぬ。これが運命なれば、盛遠様の妻となるのもいたしかたござりませぬ」

「おう!?」

「しかし、渡様が生きていては、わたくしの覚悟も鈍ります。いっそ、それほどおっしゃるのであれば、この袈裟に、盛遠様の覚悟のほどを、お見せいただけましょうか。わが夫《つま》渡を亡きものにしていただけるのなら、わたくしも、あなたの元へまいりましょう」

「本当か」

「わが夫源渡は、あなたさまと切り結び、たとえ勝ったとしても、この袈裟を許しはせぬでしょう。わたくしも、母様《はわさま》も、刀の錆《さび》とされるは必定《ひつじょう》——」

「さもあろう」

「わたくしと母様が死なずにすむためには、わが夫を亡きものにする以外に道はありませぬ」

もっともな言葉であった。

「いざという時、男より女子《おなご》の方が、胆《はら》をくくるのが早いというが、まことにそうじゃ。で、なんとする?」

盛遠が問えば、袈裟は、

「わたくしに考えがござります」

と言う。

「どのような」

「今夜、わが夫には髪を洗わせ、酒に酔わせて眠らせましょう。濡《ぬ》れた髪が、渡のしるしにござります。夜に忍んできて、濡れた髪をさぐりあて、ひと思いに首を取ってくださいまし」

おそろしいことを言った。

「承知」

盛遠も、うなずくより他はない。

「なんということを、なんということを――」

衣川は、両袖で顔を覆い、激しく声をあげて泣きじゃくった。

「では、今夜――」

そう言って盛遠は腰をあげ、衣川の家を出ていった。

盛遠の姿が見えなくなって、

「なんと激しい、なんと哀れな御方《おかた》でござりましょう……」

袈裟がつぶやいた。

「しかし、あとまや、おまえ、本当に、さっき口にしたようなことをするつもりなのかえ」

不安に押しつぶされそうな声で、衣川が言った。

袈裟は、衣川の肩を抱き寄せ、

「母上さま、何も心配することはござりませぬ。みな、このあとまにおまかせ下さいまし……」

そう言って、涙で濡れた母の頬《ほお》を、自らの袖でぬぐってやったのであった。

（四）

盛遠《もりとお》は、闇の中に身を沈め、細い呼吸を繰り返していた。

そろそろと鼻から息を吸い込み、そろそろと口から吐く。

鼻から入ってくる夜の大気の中に、菊の香が混ざっている。闇に身を潜めているうちに、その菊の匂《にお》いがはらわたまで染みとおってきそうであった。

時おり、その細い呼吸では我慢しきれなくなる。苦しくなって、ごうと音をたてて口から息を吸い込み、かあっと息を吐き出してしまう。どれほど気をつかって呼吸をしようとしても、自然に息が荒くなってしまうのだ。

灯《あか》りが消えてから、どれほどの刻《とき》がたったのか。

しばらく前までは、袈裟《けさ》と源《みなもとの》渡《わたる》が、酒を酌み交わす声が聴こえていた。それが、もう、聴こえない。

かなりしたたかに、渡は酒を飲んだと見えた。

あの様子では、すぐに眠りに落ち、一度寝たら、そう簡単には起きぬであろう。渡とは、何度も共に酒を飲んだことがある。渡の酒の癖はわかっている。

空には、満月にはまだ間がある月が出ている。

盛遠は、庭の植え込みの陰から、そろりと月光の中に這《は》い出した。

地に両手をつき、獣のように動いて、簀《す》の子の上に這いあがる。軒下に入れば、もう、月光は届かない。

動いた。

みしりと板が鳴った。

それで、盛遠は動きを止めた。心臓が鳴っている。耳に、大きくその音が聴こえる。その音を、渡に聴かれてしまうのではないかと思われた。

呼吸が荒くなっている。

源渡は、同じ北面の仲間だ。

馬の合う男のひとりであった。幾度となく酒を飲み、共に馬を駆ったこともある。その男を、これから殺さねばならぬのだ。

すでに覚悟を決めたこととはいえ、あらためて身体《からだ》が震えはじめた。

「ぬうっ」

盛遠は、歯を喰《く》い縛った。

全身に力を込め、力で震えを抑えこもうとした。

震えはおさまらない。

盛遠は、刀を抜こうとした。

刃の澄んだ輝きを見れば、心が落ちつくであろうと思った。

右手で、柄《つか》を握ろうとした。

握れない。

指が震えて、指先が柄に当たってかちゃりかちゃりと音をたてた。

気づかれたか⁉

と盛遠は思う。

いくら眠っていても、この鍔《つば》鳴りの音を耳にすれば、北面の者であれば気がつく。

盛遠は、呼吸を止めた。

すぐむこうの様子をうかがう。

寝息が聴こえている。

気づかれた様子はない。やはり、酒が入っているためであろう。

「くわっ」

盛遠は、自分の右腕に嚙《か》みついた。ぶっつりと肉が喰い破られ、自分の肉の中で、かつんと、上の歯と下の歯がぶつかった。

震えが止まった。

自分の血を飲み込む。

笑った。

血の色が見えていれば、さぞや凄《すさ》まじい笑みであったことであろう。しかし、それを見る者はいない。

刀を抜いた。

かちり、と歯の音をたてて、盛遠は刀を横咥《くわ》えにした。

這う。

中へ入ると、ほとんど何も見えなくなった。

すぐ向こうに、帳台がある。寝息は、そのあたりから聴こえている。

這ってゆき、寝息の傍《そば》で動きを止め、そろりと頭とおぼしきところへ手を伸ばす。

まず、烏帽子《えぼし》が触れた。

とすると、こちら側が渡か。

さらに手を伸ばし、髪に触れると濡《ぬ》れている。念のために確認をすると、髪も短い。間違いない。

口から出た涎《よだれ》が、刃の上をつうっと滑ってゆくのがわかる。

柄を握り、刀を口からはずした。

南無三《なむさん》——

右手で柄を握り、左手を刀の峰にあて、体重をのせ、

「えしゃあっ」

床まで抉《えぐ》って、いっきに骨ごと首を掻《か》き切った。

ざぶりと、顔に生温かい血がかかった。

血をぬぐいもせずに、刀を鞘《さや》に納め、後ろも見ずに庭に飛び出していた。

足を止めずに、そのまま外へ走り出て、駆けた、駆けた。

どこを、どう走ったか。

鴨川の堤に出て、ようやく盛遠は足を止めていた。

足を止めたその途端、ぷうんと生臭く臭《にお》ってくるものがあった。血の臭いである。

その時になって、はじめて、盛遠は自分が何かを抱えているのに気がついた。さっき、切り落とした生首であった。

その時――

ばさり、と首から何かが地に届くまで垂れ下がった。

髪の毛であった。

ぞくり、
と、こわいものが盛遠の背を疾《はし》り抜けた。

なんだ!?

渡の髪は、これほど長かったか!?

首を持ちあげ、月明かりの中でよくよく見てみれば――

「わっ」

盛遠は、叫んでいた。

それは、渡の首ではなかった。

袈裟の首だったのである。

何が起こったのか、盛遠はわからなかった。

自分は、間違えたのか。手で髪に触れ、それが濡れていることも、短いことも、確かめたはずであった。それは、間違いない。

ならば、何故!?

考えられることは、ひとつであった。

袈裟は、渡の身代わりとなったのだ。

自分の髪を洗い、眠る時に、渡の烏帽子を自分の枕元に置き、髪も上に持ちあげて結っておいたのであろう。

嗚呼《ああ》——

なんということを。

なんということをしてしまったのだ。

自分は、愛《いと》しい袈裟の首を切ってしまったのだ。自らの手で、恋した女の首を落としてしまったのだ。

涙が、ぽたぽたと袈裟の顔の上に落ちた。

「おれは鬼じゃ」

盛遠は、声をあげて泣いた。

「おぎゃあ」

赤子のような声であった。

おぎゃあ
おぎゃあ
泣いても、泣いても、足らなかった。

深い、真っ暗な穴の底に、頭から落ちてゆくようであった。

盛遠は、月光の中で、袈裟の首を抱きしめた。

歩き出した。

どちらへ向かって歩いているのか、わからなかった。

（五）

熱い、湯のようなものを、後ろから首筋にかけられた——

渡《わたる》は、はじめ、そう思った。

それで、眼が覚めたのである。

誰かが、ばたばたっと庭へ向かって駆け出してゆく足音がした。

立ちあがって、

「曲者《くせもの》！」

叫んでいた。

庭へ、もう駆け出ている影を追おうと踏み出した足が滑った。

濡《ぬ》れたものを踏んだのである。

濃い、血の臭《にお》い。

「おい」

しゃがんで、横で眠っているはずの袈裟《けさ》を手でさぐって確かめてみれば、

「やや!?」

首がなかった。

「灯《あか》りを、灯りをもて……」

渡が叫ぶと、すぐに家人《けにん》が灯りを翳《かざ》しながらやってきた。

炎の灯りで見てやれば、横で眠っていたはずの、妻である袈裟の首がない。

あたり一面血の海である。

「おう、これは⁉」

灯りの中で、渡は声をあげた。

首のなくなった袈裟の屍体《したい》は、ちょうど自分の胸の前で手を合わせ、合掌していたのである。

まるで、自分の死を覚悟していたような姿であった。

いったい、何が起こったのか。

渡には、わからなかった。

源渡の妻、袈裟が、首を取られて死んだという噂《うわさ》は、たちまち都に知れ渡った。

しかし、いったい誰がこのような仕儀におよんだのか。

それは、一日もしないうちにわかった。

衣川《ころもがわ》が、渡のもとへやってきて、知る限りのことを語ったからである。

「申し訳ござりませぬ」

床に置いた両手の間に顔を埋め、

「みな、このわたくしの過《あやま》ちにござります」

さめざめと泣いた。

「盛遠《もりとお》めが、そのようなことを……」

渡は、絶句した。

「思えば、袈裟は、始めより自らの死を覚悟していたのでござりましょう。渡様の身代わりとなって、死ぬつもりで……」

事があってから、五日が過ぎても、盛遠の行方は杳《よう》として知れなかった。

六日目の夜――

源渡は、夜具の中で、獣のように、らんらんと眼を尖《とが》らせていた。

白目の部分に、細い血管が浮き出て赤くなっているのだが、もとより闇の中であり、たとえ人がそこにいても、その眼を見ることはできない。

渡は、この六日間というもの、ほとんど眠っていない。眠ろうとしても、眠ることができないのである。眼が尖り、閉じていたはずの瞼《まぶた》がいつの間にか開いて、闇を睨《にら》んでいるのである。

もともと、眼つきは細く鋭かった。

その眼が、さらにきつくなって、その刃《やいば》の如《ごと》き光を闇に向けてしまうのである。

夜気に乗って届いてくる菊の香を鼻から吸い、吐く。

〝何故《なぜ》じゃ、盛遠〟

〝何故、袈裟を殺した〟

これまで、百度、千度となく繰り返した問いを、また繰り返している。

もとより、答えはない。

盛遠が殺すはずであったのは、この自分である。それはわかっている。わかっていても、何故袈裟を殺したのかと考えてしまう。

袈裟が、好きであった。

身も世もなく袈裟を溺愛《できあい》していた。

いつも、不思議な眼で、庭や、木立を見つめていた。そこに何か見えてでもいるように、部屋の暗がりに眼をやって、いつまでもそこを眺めていたりした。

「何か見えるのか?」

渡が問うと、静かに首を左右に振り、

「何も見えませぬ」

そう答えて、微笑した。

その微笑が好きであった。

庭や家の暗がりに視線を向けて、いつまでも凝《じ》っとそこを見つめている袈裟の横顔を見ているのも飽きなかった。

まるで、袈裟は、水の面《おもて》のように、周囲のことをその身によく映した。

袈裟を眺めているだけで、春秋の庭の有り様や、雪の降り積む様子、闇の濃さまでもが見えてくるようであった。

渡自らが望んで、衣川に話をしにゆき、袈裟をもらい受けたのであった。

その袈裟が、今はいない。

盛遠が殺したのだ。

何故《なぜ》じゃ、盛遠——

また、その問いを繰り返してしまう。

知らぬ間に、きりきりと音をたてて歯を噛《か》んでいる。

と——

渡は、何かの気配に気づいた。

不思議な気配であった。

人か!?

と、そう思った。

しかし、人にしては、熱というのか、体温というのか、人特有のぬくみのようなものがその気配にはない。もしも、屍体にも気配があるとするなら、それはこのようなものかもしれなかった。

闇の中で、渡は夜具の上に身を起こした。

庭に、誰かいる。

渡は、枕元の太刀を手に取り、立ちあがった。

簀《す》の子の上に出た。

庭に、誰かが立っていた。

月光の中である。

「誰《たれ》か?」

渡は問うた。

返事はない。

「誰か?」

渡は、もう一度問うた。

やはり、返事はない。

簀の子の上から、よくよくその人影を見てやれば――

「盛遠……」

遠藤盛遠が、そこに立っていたのである。

「貴様、よくも袈裟を――」

渡は、ぎりりと歯を噛み、抜刀した。

口から、庭に向かって何かを吐き出した。折れた歯であった。

渡の頬《ほお》の肉は、削《そ》いだように落ちている。

鬼相が表れていた。

が――

振りあげかけた渡の刀が、途中で止まっていた。

盛遠の肉体から、どういう温度も届いてこなかったからである。

盛遠を睨む。

変わり果てた姿であった。

身につけているものはぼろぼろで、素足であった。

烏帽子《えぼし》も被《かぶ》ってはおらず、無精髯《ひげ》が顔の下半分を覆っている。髪はざんばらで額に垂れ下がり、その中から、黄色く光る眸《め》が渡を見つめていた。

全身から、したたるように精気を発散させていた盛遠の面影は、もう、そこにない。

魂のない、抜け殻であった。

「死ねぬのじゃ……」

盛遠は、つぶやいた。

虚《うつ》ろなその眸は、渡を見ているのか、いないのか——

「渡よ、死ねぬのじゃ……」

よく見れば、渡と同様に、頰の肉がげっそりと落ち、痩《や》せ細っていた。唇も乾いて皸《ひび》割れている。

盛遠もまた、あれから喰《く》わず、眠らずの日を過ごしていたのであろう。

「どうしたらよい、渡。おれは、どうしたらよいのじゃ……」

盛遠は、泣いているらしい。

しかし、すでに涸《か》れ果てたのか、涙はこぼれてはいなかった。

「殺してくれ、渡——」

盛遠は言った。

「このおれを、ここで殺してくれ」

盛遠は、哀願した。

渡は、両手に太刀を握って、簀の子の上から月光の中に跳び下りた。

太刀を大きく頭上に振りあげた。

月光の中で、太刀が止まった。

太刀は、一瞬、盛遠の頭上に振り下ろされるかと見えたのだが、そうはならなかった。

上に持ちあげられていた太刀が、ゆっくりと下りてきた。

「卑怯《ひきょう》な……」

渡はつぶやいた。

盛遠を斬《き》ることができなかった。

「斬らぬ」

渡は、血を搾るような声で言った。

「盛遠よ、おまえ、死んで逃げようというのか。死んで、何もかもから逃げ出す気であろう」

渡は、言った。

その眼が、ぎらぎらと光っている。

「おれは、貴様を楽になぞしてやらぬ」

渡は、刀を、鞘《さや》に納めた。

「渡……」

「ゆけ」

渡は、低い声で言った。

「去って、生きよ」

「渡……」

「盛遠よ、生きよ。自ら生命《いのち》を絶ったりするのではないぞ。貴様を、楽になぞさせてたまるか」

「渡、おれを殺してくれ。おれの心《しん》の臓《ぞう》を、その刃《やいば》で貫いてくれ。この苦しみから、おれを救ってくれ……」

「去《い》ね」

「どこへゆけばよいのじゃ、渡よ……」

「知らぬ」

冷たい月光が、天から注いでいる。

たまらぬくらいに、菊が匂《にお》っている。
その薫りと月光の中で、ふたりの男は動かない。
やがて、ゆっくりと、盛遠が渡に背を向けた。
足の裏で、地をのろのろと撫《な》でるようにして、盛遠が動き出した。
やがて、盛遠の姿が見えなくなった。
それでも、まだ、渡はそこを動かなかった。
菊の香が、むせるようであった。
渡は、その中で立ち尽くしていた。

巻《まき》の四　競馬《くらべうま》

遊びをせんとや生《む》まれけむ
戯《たはぶ》れせんとや生《む》まれけん
遊ぶ子供の声聞けば
我が身さへこそ動《ゆる》がるれ

――『梁塵秘抄《りょうじんひしょう》』

（一）

したたかに、酒が入っている。
身体《からだ》の中に、火が点《とも》っている。その火の作る温度が、全身に回っている。
しかし、意識だけは醒《さ》めていた。
飲めば飲むほど、意識は冴《さ》えざえと澄んで、尖《とが》った刃物のようになってくる。
おれは、どうしてしまったのか――

佐藤義清《のりきよ》は、溜《た》め息と共に、体内の温度を吐き出した。

草の中から瓶子《へいじ》を摑《つか》みあげ、自らの手で空になった杯に酒を注《つ》ぎ、それを飲む。

すぐに、また杯は空になった。

まだ手に持っていた瓶子から、杯にまた酒を注ぐ。

きりきりと酒を飲む。

横で、草の中に仰向けになっているのは、平清盛《たいらのきよもり》であった。

両手を枕にして、天を眺めているのか、すでに眠っているのか。

秋——

春には満開であった頭上の桜は、すでに葉桜となって、もう色を変えようとしている。

春以来、馬でここまでやってきたのは二度目であった。

杯を懐に入れ、酒の入った瓶子を鞍《くら》にぶら下げて、清盛とここまで駆けてきたのである。

着いた時には夕刻であったのだが、今は、もう夜になっていた。

考えているのは、遠藤盛遠《もりとお》のことであった。

盛遠が、源 渡《みなもとのわたる》の妻であった袈裟《けさ》を殺して逃げた。

十日ほども前であったか。

今も、その噂《うわさ》が絶えない。

「なんとおそろしい」

「盛遠は人非人じゃ」

「極悪の漢《おとこ》ぞ」

そういう者たちが多い。

しかし、義清の考えは少し違っていた。

やられた――

そう思っている。

先にやられてしまった。

たしかに非道である。

他人の妻に横恋慕して、その夫を殺そうと企て、妻の方を殺してしまった。そのまま逃げて、行方が知れない。

血腥《ちなまぐさ》い事件であった。

だが、自分には、盛遠の気持ちがわかる気がするのである。

ひとりの女を、心底欲しいと思ったら、生命《いのち》を賭けるしかない。ひとたび覚悟さえ定まれば、その女が、同門の人間の妻であれ、何であれ、それはもう些末《さまつ》なことだ。

そう思う。

思ってからまた、
そうなのか――

と自問する。

それは、本当に些末なことなのか。

女の気持ちははたしてどうだったのであろうか。

盛遠も、このようなやり場のない想《おも》いをもてあましていたのであろうか。いや、もう、そのような思考のどうどう巡りを、太刀の一閃《いっせん》で切り裂くようにして、盛遠の裡《うち》にあった何ものかが、外に向かって迸《ほとばし》ったのであろう。

ともかくも、盛遠は、それをやったのだ。やってのけ、そのままどこかへ行ってしまった。

自分がやれぬことを、まさに、盛遠が先にやってしまったのだ。

「まだ、女のことを考えているのか」

傍らの草の中で、仰向けになっていた清盛が声をかけてきた。

清盛は、ふたりで土手に座してから、杯に三杯ほどの酒を飲み、そのままそこに仰向けになった。

それきり黙っていた清盛が、今、ようやく口を開いたのである。

「違う」

義清が言うと、

「ふふん……」

と笑うような声をあげて、清盛はまた沈黙した。

その沈黙に耐えきれなくなったように、

「考えていたのは、盛遠がことじゃ」

義清は言った。

「ほほう」

おもしろそうな声をあげて――

「盛遠がうらやましいか」

清盛はそう言って、草の中から身を起こした。

「うらやましい？」

「そうじゃ」

「何故《なにゆえ》、おれが盛遠をうらやまねばならぬのだ」

「おれに訊《き》くな」

「なに!?」

「おまえの顔が、そう言っていただけじゃ」

清盛の言葉に、義清は、言おうと思っていたことを、喉《のど》の奥に詰まらせた。

「いろいろ、噂は耳にした。盛遠め、思うた以上に、骨のある漢じゃ」

「骨!?」

「しかし、弱い……」

清盛は、他の者が盛遠に対して噂しているのとは違う言い方をした。

「骨だけで生きてはならぬ」

清盛はそう言ってから、

「天下に大望《たいもう》ある身であればじゃ……」

小さくつぶやいた。

「大望？」

「そうじゃ」

清盛はうなずいて、

「大望あれば、女に身を焦がすことはあっても、女で身を滅ぼすことはない」

そう言ってのけた。

「清盛よ、おまえ、何か大望があるのか」

「おれは、自分に大望があるなぞとは、ひと言も言うてはおらぬぞ」

「ないとも、言うてはおらぬ」

「それはそうじゃ」

清盛は、笑った。

「今日の、ぬしの歌、なかなか評判がよかった……」

話題を変えるように、清盛は言った。

今日の——というのは、法金剛院《ほうこんごういん》で催された歌の会《え》のことだ。

保延《ほうえん》三年（一一三七）九月二十三日、待賢門院璋子《たいけんもんいんたまこ》の坐《ざ》す法金剛院に崇徳《すとく》天皇が行幸して、歌の会が催された。

そこには、鳥羽《とば》上皇、後に美福門院《びふくもんいん》と呼ばれることになる藤原得子《ふじわらのなりこ》の姿もあった。

徳大寺実能《さねよし》は、もちろんその席におり、内大臣藤原頼長《よりなが》をはじめとする、宮中の主だった者の顔は、ほとんどそこにあったのである。

清盛も、清盛の父である平忠盛《ただもり》もそこにいた。

そこで、義清は歌を詠《よ》んだのである。


いつの世にながきねぶりの夢さめておどろくことのあらむとすらむ

事前に用意した歌はあったのだが、筆をとって、短冊に書く寸前、別の歌が、自分の肉の裡よりこぼれ出てくるように生まれ落ちてきたのである。何かがつかえ、もりあがり、そして溢《あふ》れ出てきた。それが歌であっただけのことだ。

用意した歌を書きつけようとした筆が、そのまま動いてその生まれたばかりの歌を書きつけてしまったのだ。

ああなってしまったら、前の歌などごみのようなものだ。

待賢門院がいる。

あの女が、自分の近くで、御簾《みす》のすぐ向こうで艶《なま》めかしく息をしている。それを感じとった時に、あそこで自分は別の者に変じたのだ。変じた自分が、そこでそう感じたのだ。感じたことがそのまま歌となっていたのである。

止めようがない。

あれは、自分の裡にいる鬼が書かせたのだ。

〝いったい、いつになったら、この迷いから抜け出し、悟りのひらけることがあるのであろうか〟

あの女への想いが、そのまま歌になってしまった。

あの御方《おかた》は、それに気づいたであろうか。

いや、気づく、気づかぬはもうどうでもよかった。あの時、自分の身の裡から歌が迸《ほとばし》ってしまったのだ。どうしようもない。

「どうでもよいことだ」

義清は、清盛に言った。

あのように生まれた歌が、どういう評判を得ようと、もうそれはどちらでもよい。

「今夜、上皇から、お呼びがあるやもしれぬぞ――」

そう言う清盛を誘って、警護を他の者にまかせ、義清はここまで馬を走らせてきたのである。

「義清よ、ぬしと盛遠は、違うようでいて、どこかよく似ている――」

ふいに、清盛は言った。

「似ている？　おれと盛遠がか」

「うむ」

清盛はうなずいた。

「ただ、違うのは、おまえには歌の才があるということだな」

「歌の才？」

「そうじゃ」

清盛はうなずいた。

「どういうことじゃ」

「盛遠は、心の火に炙《あぶ》られて、肉が踊り出す。しかし、義清よ、おまえは炎に炙られて、肉が踊り出す前に、それを歌にしてしまう。そこらあたりが、おぬしと盛遠を、分けているのであろうよ」

清盛は言った。

「おれには、わからん」

盛遠と似ていると言われたのも初めてであり、違うと言われたのも初めてである。

清盛は、どうも独特の眼で人を見るらしい。

「わからんでいい。自分のことは、自分でわからぬものだからな」

清盛は、わけ知りの顔で言った。

清盛は、草の中に転がっていた自分の杯を拾いあげ、瓶子の首を握って、そこに酒を注ぎ入れ、

「明日は勝てよ、義清――」

そう言った。

「明日？」

「競馬《くらべうま》に出るのであろうが」

「うむ」

義清はうなずいた。

いつであったか――昨年、徳大寺実能の家で、長谷《はせ》雄卿《おきよう》の話をしたおり、競馬の話となって、その腕前を義清が披露する機会をいずれ自分が作ろうと、実能が言ったことがあった。

その機会が、明日となったのである。

九月二十三日、二十四日、二十五日と、三日間法金剛院で様々な会が催される。今日が歌の会であり、明日が競馬であった。

その三日間のあれこれをしきっているのが、徳大寺実能だったのである。

「おまえの相手は、渡のはずじゃ」

清盛は言った。

「そう聴いている」

「負けるなよ。ひとつ、考えていることもあるしな」

「何を考えているのだ」

「明日、おまえが勝ったら話をする」

「今ではいかんのか」

「いけなくはないが、明日の方がよかろう」

「ふうん」

「なあ、義清よ」

そう言って、清盛は、杯の中の酒を干した。

「なんだ」

「おれと一緒に来ぬか」

言いながら、また、清盛は自分の杯に酒を注ぐ。

「どこへだ」

「上じゃ」

「上?」

「上さ。この都で、どこまで上《のぼ》れるのか、おれはそれを試してみたいのじゃ。独りではできぬ」

「それが、おまえの大望か、清盛――」

義清の問いに、しかし、清盛は答えなかった。

「おまえは、裏切らぬ漢じゃ、義清――」

「おれが?」

「うむ」

うなずいて、清盛は立ちあがった。

つられたように、義清も立ちあがる。

「義清よ、おまえ、蹴鞠《けまり》は得意か」

「得意かどうかは知らぬ」

「やるのだな」

「やるだけならな」

「それで充分じゃ」

「何が充分なのだ」

「おまえが、やるというのなら、それは得意であるということじゃ」

「何のことじゃ、清盛」

「申《さる》が言うていた――」

「何を言っていたのじゃ」

「ぬしが、蹴鞠が得意であろうとな」

「申？　あの漢に、どうしてそんなことがわかるのだ」

「さあて――」

言いながら、清盛は手にしていた杯と瓶子を、桜の根元に叩《たた》きつけた。

杯と瓶子が、音をたてて割れた。

割れた瓶子からは、もう、酒はこぼれ出てはこなかった。

清盛が、残りを全《すべ》て飲んでしまったらしい。

もう、夜露を含みはじめた秋草を分けて、清盛は月光の中を歩き出した。

その後に、義清が続く。

馬が二頭、桜の枝に繋《つな》がれていた。

自分の馬の手綱《たづな》を解き、清盛は馬に跨《またが》った。

「もどるぞ、義清。あまり留守にすると、何かあった時、事に遅れるからな」

義清が自分の馬に跨った時には、もう、清盛は馬の腹を蹴っていた。

（二）

法金剛院は、大治《だいじ》四年（一一二九）、白河《しらかわ》法皇が崩御された年に、待賢門院璋子《たいけんもんいんたまこ》が発願《ほつがん》し、翌大治五年に完成して、十月二十五日に落慶供養が行われた寺である。

場所は京の西、仁和寺《にんなじ》領内であり、双岡《ならびがおか》の東、五位山に南面するかたちで建てられた。

敷地は一町四方――中央に大きな池があり、池を挟んで丈六阿弥陀堂《じょうろくあみだどう》と女院が住むための御所が建てられた。

女院の御願寺《ごがんじ》であり、池に注ぐ青女滝《あおめのたき》もあったが、これは女院の希望により、長承二年（一一三三）に更に五尺（約一・五メートル）高くなるように改造されている。

保延元年（一一三五）の二月には北斗堂が、保延二年、つまり、昨年には三重塔と経蔵が建てられた。

敷地の外側に沿って、馬場も設けられている。

競馬《くらべうま》は、この馬場で催される。

馬場は、はじめは直線だが、後半は、敷地に沿うかたちで左に曲がっている。

この馬場の途中に、桟敷が設けられて、上皇、天皇、女院をはじめとする宮中の者たちは、ここから競馬を見物することになる。

馬二〇頭、二〇人の乗り手が参加し、十組——つまり十番勝負でその速さが競われるのが競馬であった。

最初に、乗り手たちがそれぞれの馬を曳《ひ》いて、馬場をゆっくりと進む。見物人たちに、馬や、衣装を披露するためだ。

義清《のりきよ》が出場するのは、十組目——つまり最終の十番目の勝負である。

相手は、あの源《みなもとのわたる》渡である。

走る順に、馬場を馬を曳いて歩いてゆくので、自然に義清と渡が最後になった。

ふたりが歩いてゆくと、桟敷や御簾《みす》の向こうから、どよめきというほど大きくはないが、はっきりそれとわかる、さざめき、緊張が伝わってきた。

袈裟《けさ》が、盛遠《もりとお》に殺されて以来、ここで初めて渡の顔を見る者も多くいたからである。

渡に、表情はない。

ただ、真っ直《す》ぐに前を見ている。

ただ、頬《ほお》が異様に痩《や》せて、双眸《そうぼう》だけが、炯々《けいけい》と光っている。

心がどこにあるのか見えなかった。

さすがに、事件の後、

「どうされるか」

徳大寺実能《さねよし》が渡に問うた。

「すでに決まっていることとなれば」

競馬には出場すると、渡は言った。

そういった話も義清の耳に届いている。

その渡が、馬を曳いて義清の前をゆく。

義清は、頭には風折烏帽子《かざおりえぼし》をかぶり、青朽葉《あおくちば》の狩衣《かりぎぬ》を身に纏《まと》って、馬の手綱を握っている。

「妙な役回りとなったが、存分に走れよ」

徳大寺実能からは、今朝、そう言われている。

もとよりそのつもりであった。

待賢門院璋子も、御簾の向こうから自分が走るのを見るはずだ。いや、今、歩いているこの瞬間も、自分は女院から見られているに違いない。

そう思うと、身体《からだ》の血がかっと熱くなる。

女院は、自分のことをまだ覚えておいでであろうか。

一年前のあの晩、庭先にふと迷い込んできた男のことを——

できることなら、走りながら馬に鞭《むち》をあて、御簾の中に躍り込み、女院をひきさらってどこへでも駆け去っていってしまいたい。

そう思う。

しかし、できることではない。

盛遠とは違う。

自分の相手は、上皇の女房である。

だが、もし、あの盛遠であれば、相手が女院であろうと、同じことをしたろうか。

今、盛遠はどうしているのか——そういう考えが頭をよぎる。

いや、今はそんなことを考えているべき時ではない。これから、力の限り、馬を走らせねばならないのだ。

馬の曳き廻《まわ》しが終わり、すでに一番目の者たちが、馬に跨《またが》っていた。

義清は、武者震いをした。

自分の馬は、実能が用意した白馬だ。足の先から鬣《たてがみ》までが純白だ。どこか、青みがかって見えるほどの毛並みの白さから、名を寒月《かんげつ》とつけられている。

黒漆に、金箔銀箔《きんぱくぎんぱく》を貼《は》り、月と雲の模様が描かれた鞍《くら》を載せている。

渡の乗る馬は、黒龍《こくりゅう》といった。

名の通り、漆黒の馬である。

源《みなもとのためよし》　為義が、一年前、渡に与えた馬であった。

為義が父代わりであった。

もともと、渡は、源《みなもとのもろなか》　師仲の屋敷で働いていた下衆男《げすおとこ》である。

さらにその前は、姓もない住む家もない無頼の徒であった。親も、身寄りもない人間であったのが、十四歳の時、縁あって師仲の屋敷で働くこととなったのである。

これを義清に教えてくれたのは、清盛《きよもり》であった。

「喰《く》えぬぞ、あの漢《おとこ》」

清盛がそう言ったのは、東市《ひがしのいち》で、遠藤盛遠、源渡と会い、鴨川の河原で鰍《かじか》を助けた日の翌日のことであった。

昨日の、思いがけない闘いの話となり、さらに盛遠と渡の話となった。

そのおりに――

「源渡、あれはなかなかの曲者じゃ。御しやすいのは、むしろ盛遠の方だな」

そう言って、渡のことを、清盛は語り出したのである。

渡が、源師仲の屋敷で働くようになって一年ほどもたった頃、かつて、渡と無頼の仲間であった放免《ほうめん》たち何人かが、これを知って渡に声をかけてきた。

「どうじゃ、久しぶりに出てこい」

放免たちは、渡を呼び出し、仲間の中でも裕福な者の家に連れてゆき、あれこれものを喰わせ、酒を飲ませて歓待した。

そういうことが、何度となくあって、ある時――

「渡よ。わぬしを謀寄《はかりよ》せて、色々と馳走《ちそう》したは、他のことではない。わぬしに頼みごとがあってのことじゃ」

放免たちの頭分《かしらぶん》が言った。

「我らは、語らって、師仲の屋敷に盗《つと》めに入ろうと思うているのだが、渡よ、わぬしにその手引きを頼みたいのじゃ」

とんでもないことを言い出した。

「これだけ、飲ませ、喰わせてもろうて、よもや、いやとは言うまいな」

頭分が正面、他に、四人が渡の後ろに立っている。いやと言ったら、その途端に五人掛かりで殺されてしまいそうな雰囲気であった。

「そういうことではないかと、おれも思うていた――」

渡は言った。

「しかし、いったい、いつになったらそれを言い出してくれるのかと、実はいらいらしながら、おれも待っていたのだ」

自分から言い出すわけにもいかず、今日には言うか、明日には言うかと、しびれをきらしていたところだったのだ――と渡は言った。

「おう、ならば話は早い」

さっそく盗みに入る日が決まり、だんどりの話もついた。

「気づかれたら、かまうことあない。みんな極楽へ送ってやればよい」

頭分の男は言った。

その夜――

渡の手引きで、放免たちが、師仲の屋敷に入った。

渡に声をかけられて、門より中へ入ったはいいが、渡の姿が見えない。

細い月明かりに、屋敷の影や、近くにいる仲間の姿はどうにか見えるものの、どこから屋敷の中に入ったらいいのか。

「おい、渡……」

頭分の男が、低く声をかけた時、闇の中で、きらり、と何かが光った。

「わあっ」

誰かが声をあげた。

きらり、
きらり、
と、また、何かが光り、

「あっ」

「糞《くそ》っ」

仲間の悲鳴があがる。

「ばれたぞ、逃げろっ！」

そう言って、門に向かって走りかけたところへ、足元をすくわれて、頭分の男は、頭からつんのめった。

前に、一歩、二歩と足を出して倒れるのをとめようとしたが、ふたつの膝《ひざ》で土を蹴《け》っていた。膝から下の両足を断たれていたのである。

その時には、眠っていた屋敷の者たちも、騒ぎを聴きつけて起き出してきた。

松明《たいまつ》に火が点《とも》されて、

「何事じゃ」

眼を覚ました師仲が、簀《す》の子の上から声をかけてきた。

見れば、松明の灯《あか》りに照らされて、庭に点々と人が倒れて呻《うめ》き声をあげている。

その数、五人。

ひとりだけ立っている男がいて、それが渡であった。

「どうしたのじゃ、渡」

師仲が問うた。

渡は、血に濡《ぬ》れた太刀を背後に回し、片膝を突いて、

「師仲様」

頭を下げて言った。

「この者たち、盗人にござります」

これまでのことを、全《すべ》て、隠さずに語った。

「できぬと言えば、わたくしは殺され、いずれは誰かの手引きによって、お屋形にこやつらが盗《つと》めに入りましょう。それよりも、承知したと思わせておいて、やってきたところを襲えば、盗人どもを退治できると考えたのでござります」

三人が絶命したが、頭分の男と、もうひとりが生きていて、詰問して話を聴いてみれば、渡の言う通りであった。

さらに訊《たず》ねると、盗《つと》めのすんだ後は、渡も殺して、後々面倒がないようにする胆《はら》であったということまで白状した。

「ようやった渡、そちのおかげで生命びろいをしたぞ」

師仲は言った。

この話を伝え聴いたのが源為義で、すっかり渡のことを気に入ってしまい、源の姓を渡に与え、

師仲から渡を預かって、自分のところの家人《けにん》としてしまったのであった。

「渡め、端《はな》から計算ずくのことであろうよ」

清盛は言った。

「本当に、主《しゅう》の身の安全が大事であれば、真っ先に主《あるじ》に知らせ、人を集めて盗人の押し入るのにあたるのが、正しかろう」

言われてみれば、清盛の言う通りである。

「奴《やつ》が喰えぬと言うのは、そういうところよ」

盗人とはいえ、かつては仲間であった者たちを、そうもあっさりと殺すことができるのであろうか。

それができたということは、渡には、盛遠とはまた別のこわいものが潜んでいるということではないか。

自分の馬――寒月の鼻を撫《な》でながら、義清はそんなことを考えていた。

そこへ――

「これは、戦じゃ」

背後から、そういう声が聴こえてきた。

義清が振り返ると、そこに、渡が立っていた。

「よいか、義清、これは戦じゃ。そのつもりで来るのじゃ」

渡の昏《くら》い双眸が、義清を睨《にら》んでいた。

「望むところぞ」

義清は、渡を睨み返した。

義清の血も滾《たぎ》っている。

言われるまでもない。

戦である——渡にそう言われて、胆が据わった。

あれこれ考えたからといって、どうにかなるものでもない。

順番が迫ってきた。

ここの馬場の特徴は、後半が左に曲がっていることである。ただ、猛《たけ》りにまかせて馬を疾《はし》らせればそれでよいというのとは違う。曲がりに入る手前で、うまく駒の速度を殺さねばならない。

それができずに、この曲がりで、外側に馬から放り出されて転げ落ちてしまう乗り手もいた。

かといって、速度を落としすぎても、負けてしまう。そこでどう手綱を捌《さば》くかが乗り手の力量であった。

いよいよ、義清と渡の組が走る番となった。

義清が右側、渡が左側に並んだ。

後半、馬場が左側に曲がっているため、当然左側の方が有利であった。渡が、その左側をとった。

黒龍は、渡が源為義から給《たま》わった馬である。この黒龍に乗ってから、これまで、渡は競馬《くらべうま》で負けたことがない。

義清は、馬上で呼吸を整えた。

あたりが、ふいに静まりかえった。

歓声が本当に無くなったわけではない。ざわめきがあるのもわかっているし、自分にかけられている声援の声も届いている。しかし、それは、聴こえているのがわかるだけのことだ。

その声援やざわめきで、心が揺らされることがない。それが、義清には、あたりが静まり返ったように思えたのである。

もはや、世界には、自分と源渡しかいなくなったようであった。

想念が消えた。

あかあかと、肉の底で、火のようなものが燃えているのがわかる。

聴こえているのは、自分の呼吸音だけである。

そこへ――

どん、
と太鼓の音が響いた。

ほとんど同時に、義清と渡は飛び出していた。曲がる時に、一緒に並んでいたのでは、内側を走る渡が有利になる。曲がるまでに、馬一頭分は渡の先へ行ってなければならない。

わずかに、頭ひとつ、渡の乗った黒龍の方が早い。

しかし、義清は慌ててはいなかった。最初から全力で馬を走らせてしまうと、後半になって速度が落ちてくるからである。

義清が、本格的に馬に鞭を入れたのは、途中からである。すぐに、黒龍に並んだ。が、追いつかれたと見るや、黒龍がまた前に出る。しかし、すぐにまた義清の寒月が並ぶ。

心が躍った。

前からぶつかってくる風が、きらきらした粒となって注いでくる。心と心臓と呼吸がひとつになっている。寒月の体内を流れる血がそのまま自分の体内に流れ込んでくる。自分の体内を流れる血が、そのまま寒月の体内に流れ込んでゆく。

同じ血を、寒月と自分が共有しているようであった。

黒龍を抜いて、寒月が前に出た。

しかし、もう、義清はそれにも気づいてはいない。

もう、すぐ先が馬場が左へ曲がっているところだ。

寒月の猛る心を抑え込まぬように、義清はその速度だけを抑え込んだ。

寒月を、左に向ける。

寒月が左に曲がってゆくと、左側から、凄《すご》い勢いで突っ込んでくるものがあった。

渡の黒龍である。

渡は、黒龍を左に曲げようとはせず、逆に寄せてきたのであった。

馬をぶつけて、義清に、さらに外側を左に回らせようというつもりらしい。

危険なやり方であった。

ぶつかって、もつれあったら、馬が転倒することも、乗っている者が落馬することもある。打ち所が悪ければ、大怪我《けが》をすることもあるし、首の骨を折って死ぬこともある。

義清の血が、かあっ、と熱くなった。

馬に、鞭を入れた。

寒月が、すうっと前に出てゆく。

渡が、黒龍を寄せた時には、もう、寒月はそれをすり抜けて、先に出ていた。

黒龍は、曲がりそこねていた。

渡が、必死で、黒龍を曲げようとした。強引に、手綱を捌いて、黒龍を曲げたその時、渡の身体が鞠《まり》のように宙に飛んでいた。

義清の背後で、

「わあっ」

と、歓声があがった。

しかし、義清は後方を振り返らなかった。

そのまま、最後まで駆け抜けていた。

勝った。

滾った血が、そのまま天に噴きあげてゆくように、義清はそう思った。

どうじゃ。

見たか。

まだ猛っている馬の上で、義清は声に出さずに叫んでいた。

見たか、このおれを。

義清の全身が、ぶるぶると震えている。

あの女——待賢門院の視線を、義清は馬上から捜したが、もちろんそれはわかるはずもなかった。

遅れて、黒龍がやってきたが、その鞍に、渡の姿はなかった。

義清が馬から下りたところへ、

「みごとな手綱捌きじゃ」

後ろから声がかかった。

そちらへ顔を向けると、清盛が立っていた。

「おう、清盛か」

はずむ息とともに、義清は言った。

「たいしたものじゃ、義清」

清盛が、まだ上下している義清の肩を叩《たた》いた。

そこへ、向こうから源渡が、右手で左肩を押さえながら歩いてきた。

馬から落ちた時、どうやら左肩を打ってしまったらしい。

折烏帽子も、渡の頭の上から消えていた。

渡辺党の何人かが、渡に駆け寄った。

「無事か」

「骨はどうじゃ」

渡は、無言であった。

無言のまま手を伸ばし、腰に下がっていた太刀の柄《つか》を握り、引き抜いた。

「な、何をするのじゃ、渡——」

それにも返事をせず、渡は、歩き出した。

その先に、ちょうど、清盛と義清が立っていた。

「待て、血まようたか、渡」

その声を背に、渡が義清に近づいてきた。

「ぬ!?」

清盛が、義清をかばうように横に並んだ。

渡は、ふたりの前まで歩いてくると、太刀を振りあげ、いきなり、横にいた馬——黒龍の頸《くび》に向かって、それを振り下ろしていた。

刃《やいば》が、ざっくりと黒龍の頸に潜り込んでいた。

悲鳴があがった。

「何をするのじゃ、渡!?」

「為義様からいただいた黒龍を!?」

渡辺党の者たちが声をあげる。

太い血が、黒龍の頸から迸《ほとばし》り、渡の顔と狩衣を赤く濡らした。

黒龍は、いないて、数歩駆けて逃げようとしたが、すぐに、そこへ横倒しになった。

黒龍の脚が、まだ、地を蹴ろうとしてでもいるように、びくり、びくりと痙攣《けいれん》している。

「渡……」

義清はつぶやいた。

すると、血に濡れた刀を握ったまま、渡が義清を見やった。

あたりは騒然となっている。

渡は、睥睨《へいげい》するように周囲を見回し、

「主《あるじ》を振り落とし、戦場から逃げた馬を、成敗してくれたまでじゃ」

胸を反らせて言った。

起きあがろうともがいていた黒龍の動きが、だんだんと緩慢になってゆく。
地が、溢《あふ》れてくる血を吸いきれず、血溜《だ》まりが、義清の足元まで広がってきた。
渡の顔からは、血の気がひいている。
鬼相が浮いていた。
青い鬼だ。
渡は、義清と清盛を睨み、
「かっ……」
太刀を地に突き立てた。
「ぬしの勝ちじゃ、義清――」
そうつぶやいて、渡は背を向けていた。
その背に、かける言葉はない。
義清は、向こうに渡が消えるまで、その背を睨んでいた。

巻《まき》の五　蹴鞠夜《しゅうきくや》

清経《きよつね》は一足《いつそく》常の事なり云々《うんぬん》、しかれば老年の人などは一足良かりなんと存ぜしむるなり云々
聖人《しやうにん》西行いはく、上鞠《あげまり》はまづ譲るべき人に気色《きそく》すれば、受け取らんとする人、答揖《たふいふ》をするなり云々、数は一足、二足、三足、人によるべし云々、我が年の会には、当日の最上手、鞠をあげて第二の上手のもとへやるべし云々

――『革匊要略集』巻第三　軌儀

（一）

荒ぶるものが、まだ、義清《のりきよ》の中にいる。

酒を飲んで、これを静めようとしても、なかなか静まらない。

ひやひやと頬《ほお》に寄せてくる夜気も、肉の火照りをさましてはくれなかった。

「まあ、ああでもするしかあるまいよ、渡《わたる》もな――」

そう言ったのは、清盛《きよもり》であった。

清盛の屋敷の簀《す》の子の上だ。

義清は、清盛と向きあって座し、酒を飲んでいる。

灯火がひとつ、点《とも》されていた。

人払いがしてあるので、そこにいるのは義清と清盛のふたりだけである。

瓶子《へいじ》がひとつ、杯がふたつ、ふたりの間に置かれている。

清盛が今口にしたのは、昼に法金剛院《ほうこんごういん》であった競馬《くらべうま》でのことであった。

「ああでもせねば、己が保てなかったのであろうよ」

清盛は、空になっている杯に、瓶子の酒を注《つ》ぎながら言った。

瓶子を置き、杯を手に取って、

「人とは、ああいうものじゃ」

酒を口に運んだ。

「あったのか、清盛」

義清が問うた。

「あった？」

「おまえにも、そのようなことがだ」

「おまえはどうなのじゃ、義清」

逆に清盛が訊《たず》ねてきた。

「訊《き》いたのはおれが先じゃ」

「ふふん」

と、清盛は微笑して、酒を干し、杯を置いた。

義清の問うことには答えず、

「渡め、蟄居《ちつきよ》くらいで済んでよかったというところだろう」

清盛は言った。

いくら自分の馬とはいえ、場所は法金剛院という、女院の住む寺でのことである。

様式化され、娯楽となっているといっても、競馬は、基本的には神事に関《かか》わることである。

天皇、上皇のいる場で馬を殺して血を流させたのはたいへんな事件と言えた。それが、蟄居ということで済んだのは、渡にとっては幸いなことであった。

袈裟《けさ》が、遠藤盛遠《もりとお》によって殺されて、まだ間もなかったということが、渡によく働いたのであろう。

「ところで義清、おまえ、あの時、女を捜していたのではないか」

清盛が言った。

「女?」

義清は、瓶子に手を伸ばし、その首を握った。

「とぼけるな。競馬が終わった時じゃ。おまえ、眼で誰ぞを捜していたではないか。あれは女ではないのか」

清盛が言うのを無視して、義清は杯に酒を注ぎ、それを飲む。

「御簾《みす》の掛かった桟敷の方を見ていたな――」

義清は、答えない。

夜の庭に眼をやっている。

月が、差していた。

わずかな風に、闇の中で紅葉《もみじ》の葉が触れあって、微《かす》かな音をたてている。

多少は冷めかけていた血の温度が、また、あがったような気がした。

空になった杯を置いて、また、酒を注ぐ。

「わかりやすい漢《おとこ》じゃ」

清盛は言った。

「いつ、どこで、おまえがあの女を想《おも》うようになったかは知らぬが、やめておけ——」

清盛の言葉に、義清は、杯を持ちあげかけた手を、途中で止めていた。

「あの女?」

「やわな男は、自らを滅ぼすだけじゃ」

知っているのか、清盛——

義清は、あやうく、そう口にするところであった。

義清は、酒を口に運ぶのも忘れて、清盛の顔を眺めた。

自分の想う相手のことを、これまで、義清は誰にも告げてはいない。清盛にも言ってない。何かに書きつけたりしたわけでもない。

おそらく、独り言でさえ、その名を口にしたりはしていないはずであった。

清盛が知るはずはない。

「無駄じゃ、清盛」

「無駄?」

「かまをかけて、おれの口から言わせようというのであろう」

「そういうつもりはない」

清盛は、きっぱりと言った。

「だが、ぬしの顔を見ていれば、おおよその見当はつく」

「なに!?」

義清は、酒を飲まぬまま、杯を置いた。

「ただ、あえてその名を口にせぬだけじゃ」

「何故《なぜ》じゃ」

「言いあてててしまったら、ぬしも困るであろう――」

「困る!?」

「おれに、嘘《うそ》を言わねばならなくなるからな」

「おれは、嘘は言わぬ」

「ばか。真《まこと》のことを言われたら、おれも困るということではないか」

清盛がそう言った時、聴こえてきた音があった。

いや、その音は、実はしばらく前から聴こえていた音であった。それが、清盛の今の言葉が合図となったかのように、鮮明になったのである。

ぽーん、
ぽーん、

ぽーん、
という音。

それは、夜の庭——闇の奥から響いていてきていた。

義清にとっては、馴染《なじ》みのある音であった。

鞠《まり》を蹴《け》る音である。

誰《たれ》かが、夜の庭のどこかで、鞠を蹴っている。

その音が、ずっと聴こえているのである。

その音が大きくなったということは、その鞠を蹴っている誰《たれ》かが、近づいてきたということであった。

鞠を蹴る時の、その音の呼吸がよい。

誰が蹴っているのか。

よほどの上手が蹴っているのであろう。

義清は、清盛を見た。

清盛は、今、何が起こっているのかを承知している様子で、灯火の明かりの中で微笑している。

「おい、清盛……」

これから何が始まろうとしているのだ——そう問うつもりで、義清は清盛に声をかけた。

「まあ、待て——」

清盛が言った時、庭の暗がりの中から、人影が姿を現した。

小男であった。

ひとりの男が、鞠を蹴りあげながら、月光の中に出てきた。

その男が、誰であるかわかった瞬間、義清は、思わずその男の名を口にしていた。

「申《さる》……」

顔は、はっきりとはわからない。

月明かりと、義清と清盛のいる簀の子の上に立てられた灯火の明かりのみであったが、その身体《からだ》つき、身ごなし、そのいずれもに、覚えがあった。

申とわかれば、あらためて、その顔や表情も見えてきたようであった。

義清がその名を口にしたのが聴こえたのか、申が、闇の中で嗤《わら》ったように思えた。

ぽーん、
ぽーん、
ぽーん、
一度目と、二度目は軽く。

三度目を、やや大きく。

その間《ま》に、狂いがない。

闇の中に、鞠があがり、それが落ちてくる。

落ちてきた鞠を、申が受ける。受けた鞠を高くあげ、三度目の時に、これまでよりもさらに高く、申は鞠を蹴った。

鞠が落ちてくる。

少しばかり、申のいるところよりも向こうである。

と――

申は、落ちてくる鞠の方へ三歩進んで、いきなり跳びあがった。身体全体を反らせるようにして、申は、落ちてきた鞠を宙で蹴りあげていた。

後方への宙返り、つまり、後ろへとんぼうを切りながらの蹴りであった。

地に降り立ち、落ちてきた鞠を、また受ける。

鮮やかなる技であった。

「清盛、これはどういう趣向じゃ」

義清は訊ねた。

「申の相手をしてやってくれ」

「申の？」

「蹴鞠じゃ」

「なに!?」

「申のたっての頼みでな、ぬしと鞠を蹴ってみたいというのじゃ」

「何故《なぜ》じゃ」

「先《せん》にな、ぬしが鞠を蹴るのを見たことがあるという」

「先？」

「桜の頃であったか。ぬしと、遠駆けをしたことがあったろう。あれから、二日後であったか、三日後であったか。北面の館の庭で、鞠を蹴ったことがあったではないか――」

言われてみれば、確かにそのようなことがあったと記憶している。

鞠を蹴ったと言っても、正式のものではない。懸《かかり》の樹《き》もなく、鞠足《まりあし》の人数もきちんとしたものではなかったはずだ。

北面の者たちが集まって、遊びで鞠を蹴ったのだ。

「しかし、おれは――」

その蹴鞠には参加をしていない。

「ただ、眺めていただけだ」

それが、義清の記憶である。

「いや、おまえも蹴った」

清盛は言った。

「おれが？」

「あの場には、おれもいたから覚えている。源季政《すえまさ》であったか、あの漢《おとこ》が蹴りそこねて、おまえの方へ鞠が飛んだことがあった。それを、おまえが蹴ったではないか」

そういうことがあった。

季政が蹴りそこねた鞠が飛んできたので、それを受けて、皆の中へ蹴りもどしてやったことがある。

だが、それはただの一度である。

「申がな、おまえが鞠を受けて返すのを見て、褒めたのじゃ」

〝義清様、たいへんな鞠の上手にござります〟

後で、申が、清盛にそう言ったのだという。

〝不遜《ふそん》な願いながら、いつか、叶《かな》うのであれば、義清様と、鞠を合わせてみたいものでございます〟

それを、清盛はずっと覚えていたというのである。

「どうじゃ、義清」

清盛は言った。

義清が庭を見やると、申が、先ほどと同じ間、同じ拍子で、鞠を蹴っている。

いつの間にか、その音に義清は呼吸を合わせていた。

義清を誘うように、鞠があがる。

義清を呼ぶように、鞠が落ちてくる。

ぽーん、
足が鞠を蹴る。

「なかなかやるであろう」

清盛が言う。

「先ほどのとんぼうがえりの技、成通《なりみち》殿しかできぬものと思うていたが、それをこの申め、軽々とこなす。おれも、初めて見た時には驚いた——」

清盛の声は、すでに義清には遠くなっている。義清が見つめているのは、あがり、落ちてくる鞠であった。その鞠に心を奪われている。

義清の血の中で、ざわめくものがある。鞠が蹴られるごとに、肉の裡《うち》に生じてくるものがある。

「鴨沓《くつ》の用意もそこにある」

清盛が眼をやる方を見れば、簀の子の下の土の上に、鴨沓が置かれてあった。

「わかった。やろう」

義清は立ちあがった。

簀の子の縁に腰をかけ、足を下におろして鴨沓を履いた。

庭の土を踏みながら、申に近づいてゆく。

申は、鞠を上に蹴りながら、義清を待っている。

申と向きあうかたちで、義清は足を止めた。

「申よ……」

義清は言った。

「先ほどの技、誰に習《なろ》うた？」

「誰にも……」

申はつぶやいた。

ぽん、
と、申が鞠を蹴ってよこした。

闇の中に、白い虹のような弧を描いて、鞠が飛んできた。

ぽん、
と義清が受けて、それを返した。

また、白い虹が生まれた。

ぽん、

ぽん、
虹のやりとりが始まった。

不思議な呼吸であった。

受け、蹴り、返される、その繰り返しのうちに、呼吸が重なってゆく。いつの間にか義清が作る呼吸と、申が作る呼吸がひとつになっている。義清と、申が、鞠のその呼吸を作り出しているというよりは、鞠がふたりの呼吸を作り出しているようであった。

申の蹴る鞠は、みごとに同じ虹を描き、同じ場所に落ちてくる。義清が返す鞠も、申の作り出した虹を逆になぞるようにもどってゆく。

申は、希代《きたい》の鞠の上手であった。

「義清様——」

蹴りながら、申が言う。

「この、あがり、落ちてくる鞠は、天と地の架け橋にござります。我らは今、天と地の間に、橋を架けているのでござります」

申の声が、義清の耳に、心地よい。

「これを続けるうちに、この橋を通って下りてくるものがござります」

低い声であった。

近くにいる義清には届いているが、清盛のところまでは届かない声である。

「何が下りてくるのじゃ」

思わず、鞠を蹴りながら、義清が問う。

「すでに、あなた様もごらんになったもの……」

鞠がもどってくる。

「翁《おきな》にござります」

申が言った時、義清は、それを感じとっていた。

あれだ。

また、あれが始まったのだ。

あれが、どこかにいる。あの、闇そのもののような影が、生まれている。樹の陰、岩の陰、草の陰——そういう場所から影が生じて育ちつつあるというのがわかる。

いずれ、それは、それぞれのものかげから這《は》い出し、寄り合い、集まって、まるで眼に見えるもののように、たちあらわれてくることであろう。

「翁とな?」

義清が問うと、

「ふふ」

と、申が含み笑いをした。

「いささかしゃべりすぎましたか——」

「何だ、申せ」

「これは、私事《わたくしごと》にござりますれば——」

「なに!?」

「いずれ、義清様には、ゆっくりお話し申しあげることもござりましょう。本日のこれは、あくまで清盛様が、義清様の蹴鞠の腕を見たいとおっしゃられてのことにございます」

「おまえが、鞠を合わせてみたいと言うたのではないのか」

「申しました。しかし、義清様の腕前なれば、すでに存じあげておりますので、今さら試すようなことはいたしませぬ」

「――」

「わたくしは、義清様と一緒に、こうして鞠を合わせることができるだけで充分にございます」

「しかし、このおれの何を見て、蹴鞠をやると思うたのじゃ」

「この春に、源季政様が鞠を蹴りそこね、義清様がそれを受けて返されました。その時でございます」

清盛が口にしたのと同じことを言った。

この話の合間にも、闇の裡に、あの不思議な気配が満ちつつあるのがわかる。

「そうではない。おれが季政の鞠を受けて返すまでの間の、どこが、ぬしに気に入られたのかを知りたいと言うておるのじゃ」

「そっくりだったからでござります」

「そっくり？」

「源清経《きよつね》様に」

源清経――義清の外祖父《おおじ》である。

「義清様に、鞠の手ほどきをされたは、清経様にござりましょう？」

「その通りじゃ。しかし、何故《なにゆえ》、そなたが、清経祖父《おおじ》の鞠を蹴る姿を知っておるのじゃ」

「その話は、いずれまた、ゆっくり——」

鞠を蹴りながらのこれらの会話は、いずれも、むこうで眺めている清盛までは届かない大きさの声でなされている。ふたりが、何やら話をしているらしいということはわかっても、その内容までは聴こえていないはずであった。

「いずれ？」

義清の問いに答えるかわりに、申は、飛んできた鞠を、

「オウ」

声をあげて受けた。

「ヤカ」

とうるはしくあげて、

「アリ」

返してきた。

呼吸が変わった。

これまでよりも大きな弧を描いて鞠が飛んでくる。

「義清様、とんぼうがえりを」

申が言った時には、義清は、もう、飛んでくる鞠に背を向けて疾《はし》っている。

蹴鞠においては、後ろに退《さ》がりながら鞠を受けるのは〝美〟とされていない。

三歩走って、義清は宙に跳んだ。

身体を反らせ、あおのけになって、宙で鞠を蹴った。

「オウ」

この掛け声、〝オウ〟は飛んできた鞠を受ける時の声である。

宙で一転して地に降り立ち、落ちてきた鞠を、義清は、

「ヤカ」

でうるはしくあげた。

三度鞠をあげるうち、この時〝ヤカ〟で上にあげる鞠が、自分自身のための鞠である。次は、相手に送るための鞠であり、この〝ヤカ〟で鞠を蹴りあげることを、〝うるはしくあげる〟と言った。

もっとも〝うるはしい〟高さは、一丈五尺（約四・五メートル）。

これを垂直にあげて、

「アリ」

で相手に送るのである。

義清の蹴った鞠が飛んでゆく。

申の立つ場所より、やや遠い場所に鞠が落ちてゆく。

申は、もう、その落下点に向かって走っている。

「延足《のびあし》じゃ、申」

義清が言う。

申が、地面すれすれに跳んだ。

左脚を曲げ、左膝《ひざ》で地をこすりながら、右足を前に伸ばし、その伸ばした右足で飛んできた鞠を申が受けた。

申が、鞠を義清に返す。

「帰足《かえりあし》ですぞ、義清様」

飛んできた鞠は、その弧が小さく低い。

義清は、それを右肩で受け、背に沿わせて下に落としながら、左回りに身体を回して、地に落ちる前に、鞠を蹴りあげた。

「潜帰《くぐりがえ》りじゃ」

義清が、申に鞠を返す。

その鞠が、申の背後に向かって飛んでゆく。

申は、飛んでくる鞠を潜《くぐ》るようにして追い越し、振り向き様に、その鞠を受ける。

「次は、傍身鞠《みにそうまり》でござりまするぞ」

そう言っておいて、申が鞠を義清に向かって蹴った。

飛んできた鞠を、義清は胸で受け、腹、腰、股、膝、脛《すね》と身体の前面を滑らせて、足先まで落とし、落ちてきたその鞠を右足に乗せて、蹴りあげた。

「オウ」

「ヤカ」

「アリ」

鞠があがる。

義清は、鞠を蹴りながら、恍惚《こうこつ》となっている。

申という漢、なんという手練《てだ》れであることか。鞠を蹴りあって、これほど楽しい相手がいたのか。

傍身鞠——と申が言って蹴ってよこす時には、まさにその蹴りが一番やり易《やす》い場所に鞠を蹴ってくるのである。

鞠のやりとりを始めてから、ふたりとも、まだ一度も鞠を地に落としていない。

連延足《つづけのびあし》。

突延《つきのび》。

対縮《むかいづめ》。

縮開《つめびらき》。

様々な技や、足の運び、いずれもが互いに自在であった。

肌の表面に薄く汗をかいていることも、小さく息があがっていることも、全《すべ》てが心地よい。

宙にあがった鞠を、申が右足で受けた。

蹴ったのではなく、受け止めたのである。爪先《つまさき》と脛との間に挟まれて、みごとに鞠が静止していた。

これをもっと続けたかった。

義清が、不満そうな視線を申に向けた。

「このあたりにしておきましょう」

鞠を手にとって、申が言った。

「義清様とわたくしがこれを続けておりまするると、宴《うたげ》が始まってしまいます」

「宴？」

「翁の宴にございります」

「何じゃ、それは?」

「いずれ、お話しする機会もござりましょう。今夜は、これまでということで……」

申が、頭を下げた。

鞠が動きをやめた途端——周囲の闇の裡に張りつめかけていたものが、ゆっくりとゆるんでゆくのが、義清にはわかった。

「義清よ」

声がした。

振り返ると、簀の子の上に清盛が立ちあがって、こちらを見ていた。

「思うていた以上じゃ。そこまでのものとは思わなんだぞ」

「おれを、試したか」

義清は、清盛のところまで歩いてゆき、そこで足を止めた。

軽く息をはずませながら、清盛を睨《にら》む。

「許せ、義清。思うところあってな。ぬしの器量を測らせてもろうたのじゃ」

「器量だと?」

「昨日、今日の競馬《くらべうま》が済んだ後で、話があると言うたろう」

「これが、その話か」

「うむ。まずは、これへあがれ。話はそれからじゃ」

清盛は言った。

（二）

「何を話していたのじゃ、義清《のりきよ》」

簀《す》の子の上に座すなり、清盛《きよもり》がそう訊《たず》ねてきた。

「何のことじゃ」

義清が訊《き》く。

「申《さる》と、鞠《まり》を蹴《け》りながら、何やら言葉をかわしていたではないか――」

「たいした話ではない」

申とあそこでかわした会話は、どういう風にも、語りようがなかった。語ったところで、清盛には何のことかわかるまい。

申の話の相手をした義清自身が、まだ、それをよく理解できていないのだ。

「鞠を誰に習《なろ》うたのかと訊かれたのじゃ」

「ほう、誰に習うたのじゃ」

「我が祖父《おおじ》の源清経《きよつね》じゃ。しかし、そう言う前に、申に当てられた」

「ほう」

「筋が似ているそうじゃ」

義清は、あたりさわりのないことを、清盛に言った。

「他には？」

「どうというほどのことではない。鞠の話じゃ」

「どうせ、化生《けしよう》のものどうしの話じゃ。聞いても、おれには何のことやらわからぬであろうよ」

清盛は笑った。

すでに、庭から申の姿は消えている。

「化生のものか、おれが——」

義清は、思わずそう訊ねていた。

申が、化生のものだというのはわかる。しかし、清盛は〝化生のものどうし〟と言った。自分も化生のものと言われたことになる。

「歌を詠《よ》む輩《やから》は、おれにとっては皆化生のものじゃ。おれには、わからぬ連中じゃ」

「歌？」

「義清よ、おまえは、何かこう、妙に欲のようなものが、その性《しよう》から抜け落ちている——」

「なに？」

「ぬしには、歌を作ろうという欲はあるかもしれぬが、その歌を使《つこ》うて出世をしてやろうというような欲がないということじゃ」

「清盛よ、おれは別に、出世を嫌《きろ》うてはおらぬぞ」

「そこまでは言うてない」

「何が言いたいのじゃ、清盛」

「だから、その出世の話じゃ」

「出世だと？」

「ぬしを、もっと、上へ引きあげたいのじゃ。実能殿《さねよし》も、同じ気持ちであろう。であればこそ、ぬしを、競馬《くらべうま》に出させたのじゃ」

「清盛、おれに、何か話があるのではなかったか。まず、その話をしてくれぬか」

「今、している」

「何⁉」

「明日、法金剛院《ほうこんごういん》で蹴鞠《けまり》があるのは聴き及んでいるであろう」

「うむ」

「わが一門からも、何人か出ることになっている」

「それがどうしたのじゃ」

「そのうちのひとりが、出ることができなくなった」

「いつ？」

「たった今さ」

「今⁉」

「義清よ、ぬしが代わりに出るのじゃ」

「おれが⁉」

「そうじゃ。先ほどぬしが見せた技、あれを皆々の前で披露してやればよい」

「何のためじゃ」

「さっき言うたではないか。ぬしを出世させるためじゃ。そのためには、まずぬしの名と顔を覚えてもらわねばならぬ。昨日の歌、今日の競馬、明日の蹴鞠、そのいずれもでぬしが評判を得れば、義清の名も、自《おの》ずと皆々の知るところとなろう」

それが、どうだというのだ――

あやうく、その言葉が、義清の口をついて出るところであった。口からは出なかったが、しかし、顔には出たらしい。

「不満そうだな」

「不満というのとは違う」

義清は言った。

それもまた、正直な気持ちであった。

不満はないが、何がどうというわけでもないが、呑《の》み込めぬ異物を口の中に入れられたような気持ちである。味も、甘みもある。しかし、舌に伝わってくるその感触が、自分の好む食物とはどこか違っているような気がするのである。

「義清よ、おれは、おまえが好きなのだ」

清盛は言った。

「おれが、心の中でどのような非道なことを思おうと、どれだけ非道なことを為《な》そうと、義清よ、おまえがおれの傍《そば》におるだけで、その非道も、何がしか、清められるような気がするのだ……」

「――」

「それにじゃ、ぬしが、宮中の覚えめでたく、あの者たちの言《こと》の葉《は》に、その名がのぼるようになるのであれば、自然と御簾《みす》のむこうの御方《おんかた》とも近くなろうというものではないか――」

「さっきは、やめろと言うていなかったか？」

「なまなかな男では、身を滅ぼすと、そう言うただけじゃ」

清盛はとぼけた。

「明日の蹴鞠だが、成通卿《なりみちきょう》も、鞠足《まりあし》としておいでになられるのであったな」

「そう聴いておる」

藤原成通――

宮中でも知られた鞠の上手であり、新しい技も工夫したりしている。

飛んできた鞠を、肩へも触れさせずに背後に落とし、踵《かかと》で蹴りあげて、前に落とす〝踵返《きびすがえ》し〟というのも、成通が始めた技である。

藤原成通の鞠を受け、自分の鞠を成通卿に向かって蹴ってみたい――それは、前々から義清も思っていたことであった。

「わかった、やろう」

義清は言った。

「叔父子《おじご》の帝《みかど》も、若くて新しい鞠足が現れれば、おもしろかろうよ」

清盛の言葉に、

「慎め、清盛。それは、人前で言う言葉ではない」

義清は言った。

「おまえだから言うたのさ、義清」

清盛は、笑った。

「おれであってもだ」

義清は、自分の身体《からだ》が、かっと熱くなるのを覚えていた。

清盛が、

〝叔父子の帝〟

と言ったのは、誰のことか、むろんわかっている。待賢門院璋子《たいけんもんいんたまこ》が産んだ崇徳《すとく》天皇のことである。

今年、十九歳。

何故《なぜ》、崇徳天皇が〝叔父子の帝〟なのか、その意味もよくわかっている。義清だけではない。清盛もわかっている。宮中の誰《たれ》もがそのことを知っている。しかし、誰もが、それを公然とは口にしない。

崇徳天皇は、待賢門院璋子の子ではあるが、その夫である鳥羽《とば》上皇の子ではなかったからである。崇徳天皇は、実は表向きの父である鳥羽上皇の祖父、亡き白河《しらかわ》法皇の子であった。

実質的には、鳥羽上皇の父である堀河《ほりかわ》天皇の、腹違いの兄弟ということになる。つまり、鳥羽上皇の息子であるはずの崇徳天皇は、鳥羽上皇にとっては、叔父にあたる人物なのである。

男女の秘事については、現代より遥《はる》かにおおらかであったこの時代にあっても、これは、かなり異常なことであった。

鳥羽上皇も、崇徳天皇も、そして待賢門院璋子も、当人たちでさえそれを知っているのである。

「誰も、それを口にせぬだけじゃ」

あっさりと、清盛は言ってのけた。

「このおれにしてからが、白河法皇の胤《たね》ではないかとの噂《うわさ》もあるくらいじゃ。おまえもそれくらいは耳にしたことがあるであろう、義清よ」

「ある」

正直に、義清はうなずいた。

清盛の母は、祇園女御《ぎおんにょうご》と呼ばれていた女性であった。

亡き白河法皇の想い人であり、祇園に住んでいたことから、この名で呼ばれた。

待賢門院璋子を、白河法皇のもとで養っていたのが、この祇園女御であり、法皇の子を身籠《みご》もることとなって、清盛の父忠盛《ただもり》に下賜《かし》されたとの噂がある。それで生まれたのが清盛であると。

「いずれも、我が出世を嫉《ねた》んでの噂であろうよ」

清盛の声は、落ちついている。

言葉に、よどみもためらいもない。

噂はともかく、祇園女御が、白河法皇に可愛がられた女であるということでは間違いない。

忠盛は、法皇から下賜されたこの女を愛した。

『古事談』に、次のような説話がある。

白河法皇が、殺生禁断を天下に命じていたおりのことだ。

加藤大夫成家《たいふなりいえ》という、忠盛の家人《けにん》が、鷹《たか》を使ったということで御所に召し出された。

「何故《なにゆえ》に、鷹を使《つこ》うたか」

問われた成家、こう答えた。

「私は、忠盛様より、毎日、祇園女御がお食べになる鳥を届けることを命じられております。これができぬおりは、重科に処されます。我が一門では、重科とは首を切られることにござりますれば
――」

鷹を使ったことに対する罰は、禁獄か流罪であり、それならば、生命《いのち》までも奪われることはない。

「――それで鷹を使ったのである」

と成家が言ったという話である。

それほど、忠盛が、この祇園女御を想っていたということである。

「噂はな、義清よ、利用するものじゃ。それに惑わされてはならぬ」

「利用か」

「うむ」

「このおれも、利用したいと？」

「そうじゃ、義清。ぬしを利用したいのじゃ」

清盛は、迷うことなく言った。

「おれにはない才を、おまえは持っている。おれは、それを利用する。義清よ、ぬしもおれを利用せよ。共に上って、いつか――」

そこで、清盛は言葉を切った。

「いつか？」

「言わぬ」

声を低くして、清盛はつぶやいた。

堅く結ばれた清盛の唇が、言葉よりも雄弁に、その心の裡《うち》を語っているようであった。

巻《まき》の六　奇怪の姫

女御入内《じゆだい》の間　沙汰《ころほひさた》院に有りと、云々《うんぬん》。件《くだん》の女御、奇怪の人か。来《きた》る十三日、上皇木工権頭《もくのごんのかみ》季実《すゑざね》宅に渡り給《たま》ふと、云々。是《こ》れ入内の間近辺に依《よ》ってなり。是れ極めて得心せず。乱行の人の入内、必ずしも近辺に御《ぎよ》せずとも何事か有らん。御坐《ぎよざ》の近辺と雖《いへど》も、備後守《びんごのかみ》通ずる事、末に於《おい》てとりかへすべきにあらず。御在所近辺の条、由無き事か。日本《ひのもと》第一の奇怪の事か。

——『殿暦《でんれき》』

（一）

奇怪の人——このように藤原忠実《ただざね》に書かれた女性、待賢門院璋子《たいけんもんいんたまこ》が生まれたのは、康和《こうわ》三年（一一〇一）のことである。

父は正二位権大納言《ごんだいなごん》・藤原公実《きんざね》、母は典侍《ないしのすけ》・藤原光子。藤原実能《さねよし》——後の徳大寺実能が実の兄であった。

璋子は、生まれてほどなく、白河《しらかわ》法皇の想《おも》い人であった祇園女御《ぎおんにょうご》の猶子《ゆうし》となり、それが縁となって、法皇の猶子ともなっている。

この璋子を、白河法皇が溺愛《できあい》した。

まだ幼女と言っていい璋子を、文字通り、法皇は溺《おぼ》れるが如《ごと》くに愛したのである。

璋子の生活の場は、院の御所であり、院が望まなければ、誰も璋子に会うことはできなかった。

『今鏡』は記す。

白河法皇は、昼でも璋子に添い寝をし、その両足を自分の懐に入れて休んだというのである。

そういうおり、関白の忠実が訪ねてきた。

話は政務に関《かか》わることであり、火急の用事であった。

しかし——

「為《せ》んない事情があって、今、会うことはできぬ」

法皇はそう言って、女房のひとりに応答させ、忠実を追い返してしまったというのである。

その事情というのは、璋子の足を懐に入れて添い寝をすることであり、そちらの時間の方を、法皇は関白忠実の用事よりも優先させたということである。

平安という爛熟《らんじゆく》しきった時代をどのように終わらせて、新しい時代を産み落とすか——まるで、歴史がそのように図って、この世に誕生させたかのような女性が、奇怪の人藤原璋子であった。

璋子が三歳の時、堀河《ほりかわ》天皇に皇子宗仁《むねひと》、後の鳥羽《とば》天皇が生まれた。五歳の時に、著袴《はかまぎ》の儀がとり行われ、嘉承《かしよう》二年（一一〇七）璋子七歳の七月に、堀河天皇崩御、同じ年の十一月に、璋子の実の父である藤原公実《きんざね》が死んだ。

この年、五歳であった皇子宗仁が、死んだ堀河天皇に代わって、鳥羽天皇となったのである。

白河法皇は五十五歳。

鳥羽天皇は五歳の幼帝であり、これより、日本国は実質的にこの白河法皇が支配する国となったのであった。

（二）

白河《しらかわ》法皇は、早くから、璋子《たまこ》の婚儀の相手を、藤原忠実《ただざね》の息子の忠通《ただみち》と決めていた。

天永《てんえい》二年（一一一一）の秋、忠通十五歳のおりには、すでにそのことは法皇の頭の中にあったと思われる。

璋子より、歳《とし》が四つ上の忠通は、血の筋目がよかった。父は関白忠実であり、母は、右大臣源顕《あき》房《ふさ》の娘の師子《もろこ》である。この時、忠通は、十五歳という若さで、従二位権中納言の地位にあった。

しかし、すでに忠通には、言いかわした相手があった。忠実も承知のことで、すでに、婚儀の日取りまで決まっていたのだが、

「今、都には穢《けが》れが溢《あふ》れておるところじゃ。婚儀は延ばすがよかろう」

白河法皇のこのひと言で、忠通の結婚は延期となってしまった。

延期と言っても、実質上の中止である。

法皇が、忠通の婚儀を望んでないのは、本人にも父の忠実にもわかっている。そこを、押して、無理に結婚するわけにには、さすがにいかなかった。

法皇が、忠通の婚儀を望まぬ理由も、この親子はよく理解していた。

法皇は、璋子を、忠通の妻にしたいのだ。

本来であれば、それは悪くない話であり、望むところでもあるのだが、そうしたくない理由が忠実親子にはあったのである。

忠通の婚儀が、うやむやになって立ち消えとなったのを見計らって、

「忠実よ、璋子を忠通の妻にどうじゃ」

白河法皇が、正式に、璋子を妻にむかえるよう、言ってきたのである。

これは、忠実も忠通も、断るわけにはいかない。ふたりにできたのは、理由をつけて、この婚儀を先へ延ばすことであった。

「日が悪《あ》しゅうござりますれば、婚儀のことは、またいずれ――」

「忠通、ただいま病を得て臥《ふ》せっておりますので、話は病の癒えてのちに」

忠実は、のらり、くらりと婚儀の話を先延ばしにした。

永久《えいきゅう》二年（一一一四）八月三日――

ついに、白河法皇も業を煮やした。

権中納言藤原宗忠《むねただ》が御所にやってきたおり、

「何故《なにゆえ》、忠実は婚儀の日取りを決めぬのか。日が悪いのなんのと申すから、こちらは陰陽師《おんみょうじ》の賀茂《かもの》光平《みつひら》を頼んで、吉日を選んで話をもちかけておるというのに、いまだに返事がないというのはどういうことじゃ」

関白の許《もと》へゆき、早く日を定めるようにと伝えてこい――このように、法皇は宗忠に言った。

この院旨《いんじ》を、宗忠はさっそく忠実に伝えたのだが、

「そうは申されても、日も悪しく、故障《さわり》がございますれば、なんとも――」

忠実は、やはり逃げるばかりであった。

法皇も、強権を発動させて、無理にでも、ふたりを一緒にさせることはできるのだが、敢《あ》えてそれをすることを我慢した。もしも、無理やり、璋子を嫁がせても、それでは最終的に璋子が不幸になってしまうであろう。

それは、法皇の望むところではなかった。

永久三年になって、ようやく法皇も、この婚儀はならぬと、ことをあきらめた様子であった。

しかし、忠実が、どうしてここまで自分の息子と璋子との婚儀から逃げようとしたのか。

幾つか理由がある。

そのうちのひとつは、忠実の妻である師子が、もともとは白河法皇の古女《ふるめ》であったということである。

師子は、はじめ、法皇の女だったのであり、忠実はこれを法皇から譲り受けて、自分の妻としたのである。

ふたりの間に生まれたのが、長女の泰子《やすこ》と嫡子の忠通であった。

この泰子を、法皇が、自分の許に入侍《にゅうじ》させよと忠実に望んだことがあった。しかし、過去において、忠実はそれを断っている。

本気でこれをいやがったのは、実は、忠実よりも、妻の師子であった。

自分と、娘の泰子が、同じ男の愛撫《あいぶ》を受けることに、師子が我慢できなかったのである。

「猶子《ゆうし》とはいえ、璋子も、ようするに法皇の古女ではございませぬか」

夫忠実に加えて、何故、自分の息子の忠通までもが、法皇の古女をもらわねばならないのか。自分がそうであった分、師子の想いも複雑であった。心をまがりくねらせたあげくに、結局、師子は、この婚儀を望まなかったのである。

忠実自身も、この婚儀に反対であったことは、すでに書いている。

その理由も、師子とほぼ同じであった。

ただ、妻の師子と少し違っていたのは、璋子が白河法皇の古女であるという表現、これが喩《たと》えではなく、本当のことであると知っていたことである。さらに言えば、自身が男であるだけに、白河法皇という人物の男の部分——その性《たち》の粘《ねば》さを忠実はよくわかっていたのである。

師子を譲られてからも、

「あの女の具合はどうじゃ」

時おり、声をひそめてそう訊《たず》ねてくる時の、なまあたたかい生肉をこちらの頬《ほお》に押しつけてくるような法皇の笑みを、何度も見せられていた。

璋子を妻にするということは、あの男のあの粘い部分を、一生背負うことになりかねぬと思ったからこそ、今度の婚儀には反対をしたのである。

それに、璋子には、常に、幾つもの恋の噂《うわさ》が絶えなかった。

忠実が知っているだけでも、何人かの相手の顔が浮かんでくる。

備後守《びんごのかみ》藤原季通《すえみち》と権律師増賢《ごんのりつしそうけん》の童子《どうじ》がそうだ。

季通は、法皇の寵臣《ちょうしん》藤原宗通《むねみち》の息子である。

璋子よりも四歳ほど歳が上であった。

歌も上手に詠んだが、それ以上に巧みであったのが、音楽であった。琵琶や箏《そうのこと》については、同じ歳の者の中では、誰《たれ》よりもよい音《ね》でそれを奏《そう》した。

季通が、璋子とそういう関係になるきっかけとなったのも、その音楽であった。

この楽才豊かな男は、若くして、璋子の音楽の師となり、この深窓の女性に箏などを教えていたのである。璋子と、ふたりきりで、自然に会うことのできた、数少ない人間のひとりが、この季通であったのである。

ふたりに肉体の関係が生じたのもなりゆきとして無理はなかった。

ふたりのあいだがらは、やがて、人々の知るところとなり、ついには法皇の耳にも届くこととなった。

当然、季通は璋子の楽の師という立場をはずされ、ふたりは二度と会えなくなった。

この時、法皇がどれほど激怒したかを示す、歴史的傍証がある。

天永三年（一一一二）に、十六歳という若さでありながら、左兵衛佐《さひょうえのすけ》のまま備後守を兼ねていたのが、このことが発覚してから、季通の出世がぱったりと止まってしまったのである。止まっただけでなく、永久四年（一一一六）には、本官の左兵衛佐を免じられ、元永《げんえい》二年（一一一九）には、任期の終了にともなって、備後守の役職からもはずされ、散位のままその生涯を終えることになるのである。

『尊卑文脈』は、これを

〝坐事〟

と短く伝えている。

〝事《こと》に坐《ざ》す〟というのは、事件があって罪を問われるという意味だが、その事件が何であるかは、記されていない。これは、その事が璋子に関《かか》わることだからであろう。

『今鏡』は言う。

宗通の大納言の三郎にて、季通前備後守とておはしき。文のかたも知り給ひき。箏のこと、琵琶など、ならびなくすぐれておはしけるを、兵衛佐より四位し給ひて、この御中に上達部《かんだちめ》にもなり給はざりしぞくちをしき。さやうの道のすぐれ給へるにつけても、色めきすぐし給へりけるにや。

色の道が、少し過ぎたのではないか——こう記しているのだが、この頃、色の道がどれほど盛んであったにしろ、その事が出世の妨げになることなど、まずない。

季通の出世が閉ざされたのは、その相手が、璋子であったからこその結果であると考えていい。

藤原頼長は、自身の日記『台記』に、

余の坊官の賞の譲りに依りて、備後前吏季通朝臣を正四位下に叙す。九条民部卿宗通の三男なり。四男の成通、五男の重通、みな中納言なり。哀憐、少なからず。

と記している。

忠実自身も、これをよく承知していたことは、その日記『殿暦』に、件の姫君備後守季通盗《ひそ》かに之に通ずと云ふ、世間の人皆知るところなり。

とあることからもわかる。

『千載和歌集』に季通の歌が残っている。

今はただおさふる袖も朽ちはてて心のままに落つる涙か

（三）

永久二年（一一一四）十月――

十四歳の時、璋子《たまこ》は、病に臥《ふ》した。

『殿暦』は、それを〝邪気〟のためであると記している。

ある晩、独りで箏《そう》を弾いていて、もののけに憑《とりつ》かれたらしい。

ふいに、箏を弾く手を止めて、

「そこにいるのは誰《たれ》じゃ」

そう言ったというのである。

近くにいた者がやってきて、

「璋子さま、何かござりましたか」

そう訊《たず》ねた。

「あそこに子供が……」

璋子が、部屋の隅を指差《ゆびさ》して言う。

しかし、そこへ眼をやっても誰もいない。

「ほれ、庭じゃ。今度は子供が庭を走っている……」

言われた者が庭を見やっても、そこにはただ闇があるばかりで、子供などいない。いたとしても、暗くて見えるようなものではなかった。

「樹《き》に登ったぞ。樹の枝から、子供が逆さにぶら下がって、こちらを見て嗤《わろ》うておるではないか……」

ほんとうに、そこで子供がそうしているように言うので、指差した樹の上を見やるのだが、やはりそこには誰もいないのである。

「璋子さま、お気を確かに——」

ひとり、ふたりと騒ぎを聴きつけてやってきた者たちが、璋子を静めようとするのだが、かえって璋子は逆上し、狂ったように叫び出した。

「何故《なぜ》じゃ、何故見えぬ。あそこに童子《わらわ》がいて、手まねきして、呼んでいるではないか⁉」

「何も見えませぬ。誰もおりませぬ」

扱いこそ丁寧であったが、璋子は押さえられ、寝かされた。

「悪《あ》しきものが憑《つ》いたにちがいない」

ということで、呼ばれたのが、園城寺《おんじょうじ》の僧、権律師《ごんのりつし》の増賢《そうけん》であった。

式部卿宮《しきぶきょうのみや》――敦賢《あつかた》親王の息子であったため、宮律師《みやのりつし》とも呼ばれた僧である。

増賢が修法《ずほう》を行って、璋子も恢復《かいふく》したのだが、これが縁となって、増賢も度々御所に呼ばれるようになったのである。

この増賢が、いつもひとりの童子《どうじ》を伴っていた。童子と言っても、ここでは童《わらべ》のことではない。少年か、せいぜいが二〇ばかりまでの、増賢の身の回りの雑務をこなす役目の若者である。

増賢が御所に通ううちに、こともあろうに、璋子がこの童子と関係をもってしまったのである。

これもまた、法皇の知るところとなって、増賢、童子、ともに御所への出入りを差しとめられ、葛野《かどの》郡真如院の別当に補されていた増賢は、難波の地においやられ、四天王寺別当に補されてしまったのである。

次に法皇が選んだのが、行尊《ぎょうそん》であった。園城寺の行尊を、大僧都《だいそうず》から権僧正《ごんのそうじょう》に進め、増賢に代わって、御所へ出入りさせるようにしたのである。

この事件について忠実《ただざね》は、

実に奇怪《きつくわい》不可思議の人也《なり》。末代の沙汰《さた》書き尽くすべからざる也。

と記している。

忠実は、璋子の行状について、全《すべ》て知っていたと思われる。

しかし、繰り返すが、この頃《ころ》は、男女のことについては、今日《こんにち》ほどやかましくなく、おおらかであった。誰かと過去につきあっていたことが、出世や婚儀の妨げとなることなどは、めったになかったといっていい。

にもかかわらず、忠実が、頑《かたく》なに、忠通《ただみち》と璋子の婚儀を拒んだのは、様々なことの背後に、白河《しらかわ》法皇の影を見ていたからである。

たとえ、個人的な日記であれ、畏《おそ》れ多い人物の名は記さずに、ぼかすのがこの頃の習いであった。直接に記されておらずとも、忠実が法皇をおそれていたことは、隠されても汚物からその臭気が滲《にじ》み出てくるように、日記の行間から立ち昇ってくる。

法皇と璋子とは、季通《すえみち》より、増賢の童子より先に、すでに関係があったのであり、だからこその、法皇の彼らに対する厳しい処分があったのである。

猶子《ゆうし》とはいえ、仮にも法皇は璋子の父親であった。

年齢は、四十八歳も離れている。ふたりが、いつ、そのような関係になったかはわからないが、仮に璋子が十二歳の時のこととすれば、この時法皇は六〇歳――血が繋《つな》がっていないとはいえ、この時代にあっても、これはかなり奇怪なることであったのである。

忠実が婚儀を拒んだのも当然であった。

（四）

さらに奇怪《きっかい》なことに、白河《しらかわ》法皇は、自分の想《おも》い人であり、情事の相手であった十七歳の璋子《たまこ》を、こともあろうに、血の繋《つな》がった、自分の実の孫である鳥羽《とば》天皇に嫁がせてしまったのである。

しかも、璋子が鳥羽天皇に入内《じゅだい》した後も、法皇と璋子の関係は続いた。

璋子が、三条西殿《さんじょうにしどの》で皇子である顕仁《あきひと》――後の崇徳《すとく》天皇を産んだのは、入内して二年後の、五月二十八日であった。

このお産にあたっては、権僧正行尊《ぎょうそん》をはじめとする覚法法親王《かくほうほっしんのう》、僧正寛助《かんじょ》、天台座主《ざす》仁豪の高僧たちが参集した。

南殿《なでん》では、仏師の法印、円勢が、丈六仏五体を作り、その鑿《のみ》の音と、僧たちの加持の声が響く中で、璋子は、やがて、保元《ほうげん》の乱の原因となる運命を負った子を産んだのであった。

十九歳で皇子を産んだ時、璋子は、自ら臍《へそ》の緒を切り、乳付《ちつけ》をした。

これは、この頃の貴族社会ではほとんどあり得ぬことであった。

そして、この生まれた皇子は、実は夫《つま》である鳥羽天皇の子供ではなく、鳥羽天皇にとっては血の繋がった祖父である白河法皇の子であったのである。

この皇子誕生にあたって、御湯殿《おゆどの》の儀や産養《うぶやしない》が、それぞれ盛大にとりおこなわれたのだが、これらの儀式もまた他の儀式も、いずれも白河法皇の手によってなされたのである。

鳥羽天皇は、ほとんどこれらの儀式については、何もしていないも同然であった。

儀式は、いずれも、鳥羽天皇の意志に関係なく、進められ、それを終えたのである。

中宮璋子は、皇子を産んだ後もなお、白河法皇とともに、ふた月近くも三条西殿にとどまったのである。

鳥羽天皇が、初めて、皇子をその手に抱くことができたのは、白河法皇のいない、自身の屋敷でのことであった。

この時、鳥羽天皇は、璋子より二歳下の十七歳であった。

十七歳の天皇は、硬い表情で、おずおずと璋子から皇子を受け取り、後に崇徳院と呼ばれることになるその子の重さを腕に抱えた。

鳥羽天皇の顔が歪《ゆが》んだ。

一度歪んだその顔が、かろうじて、笑みに変わった。

はらはらしながら、忠実《ただざね》はしかしそのことを顔には出さずに、傍《かたわら》に座している。

「これはこれは、お初にお目にかかりまする、顕仁さま……」

鳥羽天皇は、笑った。

「これに座すは、甥《おい》の宗仁《むねひと》にござりまするぞ」

黙って座していた忠実の顔色が、ここで変わった。

宗仁は、鳥羽天皇の幼名であった。

「なあ、叔父子《おじご》殿……」

鳥羽天皇は言った。

忠実の顔から、血の気が引いていた。

「そなたも、たいへんなところへ生まれてきたものよのう。そなたのせいではあるまいにのう……」

鳥羽天皇は、左腕で皇子を抱え、笑いながら右手を伸ばした。

「顕仁！」

高い声でその名を呼び、皇子を鳥羽天皇の腕から奪ったのは、璋子であった。

鳥羽天皇の右手が、そろりと、顕仁の頸《くび》に伸びかけたからであった。

（五）

しかし、何故《なぜ》、鳥羽《とば》天皇は、皇子顕仁《あきひと》が自分の子でないとわかったのか。

これは、入内《じゅだい》した後も、璋子《たまこ》と鳥羽天皇がそういった関係を持たなかった――あるいはほとんど持たなかったと考えるしかない。

この時代、宮中でのできごとについては、かなり正確な、多くの書きものが残されている。貴族の日記や、宮中の行事に関する公式な記録であり、それによって、璋子の初潮が十三歳の時であったことや、月のものが毎月いつあったかということまでがわかってしまうのである。

そういったものによれば、初夜のおり、璋子は鳥羽天皇に肌を許さなかったというのである。

婚儀を終えた璋子と鳥羽天皇が住んだのは、都の北にある土御門内裏《つちみかどだいり》と呼ばれる場所であった。

当時の記録によると、この土御門内裏から、南にある三条西殿《さんじょうにしどの》へ、璋子がしばしば出かけていたというのである。それと、時を合わせるように、白河《しらかわ》法皇もまた、この三条西殿へ出かけている。

その数、結婚してからの三年間、元永元年三月二十九日から保安《ほうあん》元年（一一二〇）十二月二十九日まで、わかっているだけでも十八回に及んでいる。

この間には、白河法皇、鳥羽天皇ともに、ひと月以上にわたる旅――熊野詣《くまのもうで》に三度出かけている。しかも、三条西殿で法皇と璋子が会っていた日数は、一回で十日以上に及ぶことがしばしばであったから、鳥羽天皇が、璋子と肌を合わせる機会はほとんどなかったといっていい。

さらに、角田文衛氏の研究によれば、鳥羽天皇と璋子が会っていた期間の多くが、璋子の月のものの最中であったというのである。

天皇は、存在として血を忌むので、この最中に鳥羽天皇が璋子に触れることはまずなかったであろう。

つけ加えておくことは、もうひとつ、ある。

皇子顕仁が生まれた日から逆算すると、璋子が、皇子を身籠《みご》もった可能性が高い日は、誕生の前年、元永元年の九月二十四日から二十七日までの四日間である。

この時、璋子と法皇は、まさしく、三条西殿で、九月二〇日から二十七日まで一緒にいたことがわかっている。

顕仁皇子が、白河法皇の子であることは、間違いないと考えてよい。

そして、宮中の多くの人間が、このことを知っていた。

藤原宗忠の日記『中右記《ちゅうゆうき》』に、次のように書かれている。


はなはだもって、奇怪なり。人々、秘して言はず。また問はず。何ごとも知らざるなり。


まことに、複雑怪奇な事情のもとに、顕仁——のちの崇徳天皇は生まれたのである。

時の絶対的権力者、白河法皇は、まさに魔王の如《ごと》き存在であり、璋子も、鳥羽天皇も、その人生を、この人物によって恣《ほしいまま》に弄《もてあそ》ばれたのである。

璋子は、崇徳《すとく》天皇を始めとして、六人の子を産むことになるのだが、そのうちの何人目までが、白河法皇の子であるのか、ないのか、そこまでは、検証しようがない。

西行《さいぎょう》――佐藤義清《のりきよ》がこの世に生を受けたのは、まさにこの時期であり、崇徳天皇誕生の一年前、元永元年（一一一八）のことであった。

（六）

第一子顕仁《あきひと》皇子に続いて、その三年後の保安三年（一一二二）六月に、璋子《たまこ》は第二子である皇女禧子《よしこ》を産む。

顕仁、禧子と続いたこの子供たちが生まれた時の、白河《しらかわ》法皇のはしゃぎぶりはどうであったろう。顕仁の時は言うにおよばず、二子の皇女禧子懐妊時でさえ、平産を祈願して、保安三年の三月に、高さ五寸の方塔三十万余基を作り、法勝寺でその供養儀《くようのぎ》が盛大に催された。

この日導師を勤めたのは法務大僧正の寛助《かんじょ》で、舞楽もあり、『百練抄《ひゃくれんしょう》』では、〝希《き》代《たい》の法会《ほうえ》〟と称されている。

石清《いわし》水《みず》八幡宮、賀茂社への御幸《みゆき》、また中宮璋子自身も御塔を造営して供養した。五月には、三条《さんじょう》西殿《にしどの》で、七仏薬師《しちぶつやくし》法《ほう》を修し、璋子の安産を願った。

これらの行事には、むろん莫大《ばくだい》な費用がかかったのだが、それでも、これでもかこれでもかと、法皇はこの禧子のために散財を繰り返したのである。

そして、白河法皇は、この年の八月二十三日に、なんと生まれて五十六日しか経《た》っていない禧子に准后《じゅごう》を与える宣旨《せんじ》を出してしまったのである。

准后というのは、太皇太后、皇太后、皇后の三后に准《じゅん》ずる資格を持つ称号であった。

このことから考えても、この禧子もまた白河法皇の子であった可能性は高い。

保安四年（一一二三）正月、鳥羽《とば》天皇は、顕仁親王を皇太子に立て、その後、天皇位をこの顕仁皇太子に譲位してしまった。

こうして、鳥羽天皇は二十一歳で上皇となり、顕仁皇太子は、五歳で崇徳《すとく》天皇となったのである。

この譲位を、裏で操ったのが、白河法皇であった。よほど、自分の子である顕仁を、早く天皇としたかったのであろう。

鳥羽上皇は、上皇となることによって、新しく即位した崇徳天皇に、御所を譲らなければならなくなった。

そこで鳥羽上皇は、国母《こくも》となった璋子とともに新しい屋敷に移り住むこととなったのだが、奇怪《きっかい》なることに、この新しい屋敷に、なんと、白河法皇もまた同居することになったのである。

「凹」

このような、凹の字を逆さにしたかたちを頭に思い浮かべられたい。

寝殿造りと呼ばれる、三人が新しく住むことになった屋敷が、上から見るとこのようなかたちをしているのである。上部が北、下部が南、右が東、左が西である。

上部、つまり北の部分の棟が寝殿で、ここに璋子が住み、右側、つまり東対《ひがしのたい》に鳥羽上皇が住み、左側の西対《にしのたい》に白河法皇が住んだのであった。

そして、この年の九月、璋子はまた懐妊をした。

翌天治《てんじ》元年（一一二四）五月、皇子通仁《みちひと》が生まれる。この年の十一月二十四日、璋子は女院に列せられ、待賢門院《たいけんもんいん》の院号を賜っている。

翌天治二年五月に、皇子君仁《きみひと》誕生。同じ年の十一月に、白河法皇、鳥羽上皇とともに、璋子は熊《くま》野詣《のもうで》に出ている。

大治二年（一一二七）も、璋子は法皇、上皇とともに熊野詣に出ており、そして、九月十一日、後に後白河天皇となる雅仁《まさひと》皇子を、璋子は産むのである。

そして、大治四年七月七日、白河法皇は、三条西殿において、ついに七十七歳の生涯を終えるのである。

（七）

不幸は続いた。

それから、わずか三日後の七月十日、璋子《たまこ》にとっては第三子の通仁《みちひと》親王が六歳で世を去り、四年後の長承二年（一一三三）に禧子《よしこ》内親王が亡くなった。

そして、翌長承三年、鳥羽上皇の寵愛《ちょうあい》を受けて、権中納言藤原長実《ながざね》の娘、得子《なりこ》が入内《じゅだい》するのである。

藤原得子は、十八歳——この時三十四歳であった璋子より十六歳も若かった。

この得子に、鳥羽上皇は、夢中になった。身も世もなく、得子を傍《そば》に置いて離さなかった。

保延元年（一一三五）十二月、得子は叡子内親王を産み、保延三年四月に、暲子《あきこ》内親王を産んだのである。

この年の秋——法金剛院《ほうこんごういん》において、三日間にわたり、様々な会が催され、佐藤義清《のりきよ》は競馬《くらべうま》において、源渡《わたる》と競《あらそ》ったのである。

鳥羽上皇の心は、すでに璋子にはない。

璋子は、夜離《よが》れの状態にあったのである。

巻《まき》の七　菩《ぼ》薩《さつ》夜《や》

妙適清浄句是菩薩位《びょうてきせいせいくしほさい》
欲箭《よくせん》清浄句是菩薩位
触《しょく》清浄句是菩薩位
愛縛《あいばく》清浄句是菩薩位

——『理趣経』

佐藤義清《のりきよ》は、仰向《あおむ》けになったまま、夜具の中で眼を開いていた。

闇が、その眼から体内に流れ込んでくる。

体内は、すっかりその闇で満たされてしまったようであった。

徳大寺実能《さねよし》の屋敷である。

考えているのは、法金剛院《ほうこんごういん》での三日間のことであった。

歌を作り、競馬《くらべうま》で走り、昨日は蹴鞠《けまり》をした。

蹴鞠では、清盛《きよもり》の言っていた通りになった。

鞠足《まりあし》のひとりが、急に病を得たということで、出ることができなくなった。それで、急遽《きゅうきょ》、義清が出ることとなったのである。

義清を推薦したのは、清盛の父、平忠盛《たいらのただもり》であった。

「なれば、北面に、ちょうどよい者がござります」

そう言って、忠盛が義清の名前を挙げると、

「おう、あの者か」

皆、〃いつの世に〃の歌を詠《よ》み、競馬で源渡《わたる》に勝った義清のことを覚えていた。

「それはおもしろい」

鳥羽《とば》上皇も、崇徳《すとく》天皇も、忠盛の提案に異存はなかった。

そして、義清が鞠足として、法金剛院で鞠を蹴ったのである。

鞠庭《まりにわ》は、一辺八丈九尺（約二十七メートル）の方形をしている。

その方形の中央から四隅にかけての辺の中ほどに、それぞれ懸《かかり》の樹《き》が植えられている。

桜、柳、松、楓《かえで》と、四種の樹がそれぞれ一本ずつ。この鞠庭の中で、八人の鞠足が鞠を蹴りあげるのである。

基本的に、蹴鞠は、誰かと誰かが競うものではない。八人が協力をして、より多く、より〃うるはしく〃鞠を蹴って天に上げる遊びであった。

八人で、合わせて一千五百回ほどもあげたであろうか。

このうち、一番多く鞠をあげたのが、藤原成通《なりみち》であり、次が義清であった。

他の者たちが、一度は鞠を落としたり、蹴り損ねたりしたのに対し、成通と義清は、一度も失敗することがなかった。相手が蹴り損ねた鞠も、義清は、それを上手《うま》く拾ってつなげたのである。

とんぼうがえり、延足《のびあし》、帰足《かえりあし》、潜帰《くぐりがえ》り、傍身鞠《みにそうまり》、連延足《つづけのびあし》、突延《つきのび》、対縮《むかいづめ》、縮開《つめびらき》――義清がそういった技を披露するたびに、見物する者たちから声があがった。

成通もまた、義清以上に多くの技をそこで見せたのであった。

途中、成通と義清と、ふたりだけでしばらく続けて鞠を合わせるひと幕もあった。

義清が成通に蹴った時、すぐに成通が義清に鞠を返してきたのである。義清が成通にもどすと、成通がまた義清に返してきた。

成通が返してくる鞠の、なんと上品で、ゆるやかで、美しい弧であったことであろう。

それを続けているうちに、義清は、恍惚《こうこつ》となった。

また、あれが始まってしまうのではないか――義清がそう思った時、それをはずすように、ぽん、と成通が別の鞠足に鞠を送ったのである。

終えた時、喝采の声があがった。

すでに、成通卿《きょう》が、鞠の上手であることは知られている。

その声の多くは、義清に向けられたものであった。

〝これほど巧みに鞠を蹴る者がいたのか〟

そういう驚きと称賛の声であった。

「みごとじゃ、義清」

近づいてきた清盛が、義清の肩を叩《たた》いた。

「これで、ぬしの道も開けたぞ」

清盛は、嬉《うれ》しそうに笑っていた。

——それが、昨日のことであった。

今日は今日で、徳大寺実能から声がかかり、屋敷へ呼ばれた。

酒を義清にすすめながら、

「わしの思うていた通りであった」

実能はそう言った。

「上皇も、主上《おかみ》も、喜んでおられたぞ。あれは、昨年〝仙の宮《ひじり》〟の歌を詠んだ佐藤義清ではないかと、上皇も言うておられた。ぬしのことを覚えておられたのじゃ、義清——」

実能は破顔していた。

手放しの悦《よろこ》びようであった。

むろん、義清も嬉《うれ》しい。

歌を褒められ、競馬に勝ち、蹴鞠では喝采を浴びた。嬉しくないわけはない。ただ、実能のはしゃぎようを眼の前にしていると、かえって醒《さ》めてくるものがあった。

義清が、心の中に思うことは、

〝あの方は見ていてくれたであろうか〟

ただ、そこに尽きてしまう。

待賢門院璋子《たいけんもんいんたまこ》——あの方は、自分の作った歌を聴いて、どのように思われたであろうか。

競馬での勝利を、あの方は悦んでくれたであろうか。蹴鞠で見せた技のどれかひとつでもいい、それを御覧《ごらん》になって、あの方は一度でも称賛の声をあげてくだされたであろうか。

夜具の中に仰向けになって、思うのはそのことである。

それを思うと、他のことが色褪《あ》せてしまう。

源渡と走った競馬で、思わず感情を高ぶらせてしまったのも、結局は、あの方が見ていると思えばこそのことであった。

他に、心にかかったことと言えば、鞠を蹴りあった、成通卿のことである。

「よい鞠であった」

終わった後、義清に成通卿が声をかけてきた。

「拙《つたな》き技にござりました」

義清は、そう答えたのだが、まだ成通卿は何かを言いたそうな風であった。

その時、清盛が声をかけてきたため、そのままになってしまったが、成通卿は、あの時さらに何を言おうとしていたのであろうか。

気にかかると言えば、それが気になっている。

しかし、今、心の大半を占めているのは、女院のことであった。

すでに、義清は、妻ある身である。

妻ある身でありながら、他の女性のことが頭から離れない。

男子が、女を何人も側《そば》に置くというのは、普通にあった時代である。

女の方も、同時に何人も男を自分の元に通わせるのが普通であり、ひとりの男が通わなくなれば、すぐに次の男を捜すということもあたりまえの時代であった。

しかし、それにしても、妻以外の女性のことを想《おも》っている自分を、義清はうしろめたくも思っている。だからといって、女院のことを心から追い出すことができない。

追い出そうとすればするほど、いよいよ鮮明に、かぐわしく、心の中に女院の声や面影がたちのぼってくるのである。

闇の中で、らんらんと眸《め》を光らせてしまう。

義清は、自分の心をもてあましていた。

思い出せば、一年前の、やはり秋の夜、この実能の館で初めて女院と出会ったのであった。

いや、御簾《みす》ごしであれば、これまでにも何度か出会ってはいるはずだ。しかし、生身の顔を見、その肌の色を見、その黒髪を見、その眸を見、その唇、その歯、その手、指――それを見たのはあの晩が初めてであった。

その声を聴き、その口が吸い、吐いた息を自分もまた吸ったのだ。自分の吐いた息を、あの方もまた吸われたに違いない。

それだけのことが、肌を合わせた以上に、艶《なま》めかしく記憶に残っている。

義清は、闇の中で、溜《た》め息をついた。

一年前のあの晩は、箏《そう》の音《ね》が聴こえてきたのだ。そして、あれが起こったのである。それに誘われ、庭へ下り、素足で歩いてゆくと、渡殿《わたどの》の向こう――離れの簀《す》の子の上で、あの方が箏を弾いておられたのだ。

本当に、あれは現実のことであったのか。

義清は、とりとめない自分の思考の海に浮遊している。

また、あの時のように、箏の音が響いてきはしまいか――そうも思っている。

そこへ――

「もし……」

低い声が、届いてきた。

何だろう。

気のせいであろうかと思った時、

「もし……」

また、声が響いてきた。

細い、囁《ささや》くような女の声であった。

義清は、夜具の中で身を起こした。

声は、庭の方から聴こえていた。

義清は、庭へ眼をこらした。簀の子の向こう、月光から隠れた軒下に、黒っぽい人影が見えていた。

「佐藤義清さまにござりましょうか」

女の声が言った。

「そうだが……」

義清はうなずいてから、

「どなたです」

そう問うた。

「堀河《ほりかわ》と申します」

その声は言った。

それを耳にした時、義清自身の心臓の音が、どくんと顳《こめかみ》を打った。

女と見える黒い影が、闇の中で頭を下げたのがわかった。

心臓の音が、激しく耳の中で鳴った。

堀河と言えば、あの方に仕える女房ではないか。その堀河が、どうしてここへやってきたのか。

両膝《ひざ》を突き、背を伸ばし、

「何用にござりましょう」

義清は、低く問うた。

「さるお方が、義清さまと、お話をしたいと申されております」

どくん、と心臓から吐き出された血が、耳を打つ。

「話?」

「ご案内申し上げます。いらしてくだされませ」

女の影が、誘うように半身になって背を向けかけた。

「またれよ」

義清は、立ちあがりながら言った。

女の返事を待たずに、闇の中で夜着を脱ぎ捨て、畳んでおいた水干《すいかん》を手に取り素早くそれを身につけた。

太刀は佩《は》かずに、簀の子の上に出た。

見下ろせば、簀の子の下の土の上に、いつ用意したのか、義清自身の沓《くつ》が置かれている。沓を履いて、土の上に立った。夜気の中に立ってみれば、ぷうんと、なやましいほどに菊の香《か》が匂《にお》っていた。

女は、もう、すぐ先の月光の中に立って、義清を見つめている。女の眼に、ぽつんと月光が点《とも》って光っている。

「ひとつ、お約束してくださされませ」

女は言った。

「これからのこと、どなたにも、誰であろうとも、他言無用に願います」

「わかった……」

義清はうなずいた。

その声が、掠《かす》れた。

口の中が乾いている。

女——堀河が歩き出した。

あの晩、義清がたどったのと同じ道筋であった。建物に沿って歩き、菊の花の間を歩いてゆく。

菊の香と共に、堀河が身につけた衣《きぬ》に焚《た》き込んでいる香《こう》が匂った。

建物の角を、堀河に続いて義清は曲がった。

離れが正面にあり、あの晩と同様に、簀の子の上に燈台《とうだい》が一本立てられ、そこに灯火がひとつ点っていた。灯りの横の簀の子に、一本の箏が置かれていた。あの晩と違っているのは、そこに誰もいないことだ。ただ、簀の子から部屋へ入るその境目のところへ、上から御簾が下がっているのが見える。

簀の子の前まで歩いて、堀河はそこで足を止めた。自然に、義清も足をそこで止めた。

御簾の向こうに、気配があった。

ひどく艶めかしい吐息が、その御簾の向こうで洩《も》れたような気がした。

「直答《じきとう》が許されております」

堀河は、眼を伏せて言った。

「ただ、御簾のあちらにいらっしゃるお方に、名前を問うてはなりません。そのお方が誰《たれ》かわかったとしても、その名を口にされてはなりません」

「承知……」

義清がうなずくと、

「では」

眼を伏せたまま堀河は頭を下げて、ほとんど足音をさせずに、その場から立ち去っていた。

ふたりきりになった。

義清は、自然に、地に片膝をついていた。

声は、ない。

ただ、気配はある。

温かな温度を持ったものが、御簾の向こうにいて、息をしている。

義清は、そこに誰がいるのかわかっていた。間違えようがない。そこに、あの方がいて、沈黙している。

ただ、刻《とき》が過ぎる。

蜜のような時間であった。

義清は、思っている。

自分から、声をかけるのか。それとも、このまま待てば、むこうから声がかかるのか。そもそも、どうして、ここに自分が呼ばれたのか。

まさか、今夜、あの方がここに居るとは知らなかった。しかし、あの方が、この徳大寺家に居ること自体は、不思議ではない。

「あれは……」

ふいに、御簾の向こうから声が聴こえてきた。

その声を耳にした途端、義清は、自分の肉が、一瞬、とろけたような気がした。

「よき歌にございました」

その声が言った。

何のことを言っているのか、義清にはわかった。御簾の向こうにいらっしゃるお方は、法金剛院で自分が詠んだあの歌のことについて言っているのだ。


いつの世にながきねぶりの夢さめておどろくことのあらむとすらむ

〝あれは、あなたのことでござります〟

義清は、立ちあがってそう叫びたかった。

いったい、どれだけの刻が過ぎたら、この胸の想いから解き放たれて、そのことに気づくことがあるであろうか——そういう意の歌だ。

それを、あなたはおわかりになられたのですか。

しかし、義清は、それを口にはしなかった。

「お褒めにあずかり、恐悦至極にござります……」

義清は、掠れた声で答えた。

「お声が、震えておいでじゃ……」

御簾の向こうで、小さく含み笑いをしたような気配があった。

義清は、言葉を発せられなかった。

昼の明かりで見れば、自分の顔は赤くなっているであろうと思った。

また、沈黙があった。

乾いた喉《のど》で、何度も義清は呼吸を繰り返した。

「競馬《くらべうま》では、血が躍りましたよ……」

再び、御簾の向こうから声が響いてきた。

おう……

義清の身体《からだ》が震えた。

天に昇る心地がした。

あれを、見ていてくださったのだ。あれを覚えていてくださったのだ。

「義清殿……」

「は」

この声も掠れた。

「そなたが、今日、この屋敷にいることを知った時は、ぜひとも、そなたに会いたいと思うた……」

「わたしに?」

「堀河に無理を言って、この場を整えさせた。今夜、ここで、そなたとわたしが会《お》うていることは、堀河以外には、誰《たれ》も知らぬ。そなたと話がしとうてな」

「どのようなお話にござりましょう」

「昨日、法金剛院でやった蹴鞠のことじゃ」

そのお方は言った。

「蹴鞠でござりますか」

「そなたが、あれほど上手に鞠を蹴ることができるとは、思うてもいなかった」

ああ、やはり、この方は御覧になっていてくださったのだ。

義清の背筋が、自然に伸びる。

「あのおり、成通殿と、しばらく鞠を合わせおうているのを見たが、いや、今思い出しても溜め息の出るほどみごとな蹴り合いであった。鞠を蹴り合うことでも、あのような境地に至ることがあるのじゃな……」

あのような境地?

と、一瞬、言葉が出そうになったが、義清は、それをしなかった。

この方は、わかっておられるのだ——義清はそう思った。

あの時、自分と成通との間に生じたもの——それを義清は、何と呼んでいいのかわからない。恍惚感というのか、めくるめく感情というのか、何ものにもかえ難いというあの思い。万物の中に、自分の肉体が溶けてゆくようなあの感覚。

おそらく、口にこそしなかったが、成通も、同じ思いをあの時味わっていたはずだ。

それを、このお方は、わかっていらっしゃるのだ。

「あの時、義清殿は、ほんの一瞬、妙なお顔をなされましたな」

「妙な顔?」

「そうじゃ、ふたりで鞠を合わせている時じゃ。その時、成通殿が、鞠をそなたのところへもどすのをやめ、別の者に送ってしまったため、それきりになってしまったが、その時、義清殿は、残念そうな表情と共に、何故《なぜ》かほっとしたような表情も、その顔に浮かべておられましたなァ」

見られたのか。

あの時、自分がどういう顔をしたのかは、義清にはわからない。しかし、心の動きならばわかる。

たしかに、あの時、自分はほっとした。

あのまま、成通と鞠のやりとりを続けていたら、どうなっていたろうか。

「はい」

義清はうなずいた。

御簾の向こうで、あの方が沈黙した。

やがて、覚悟の定まったような吐息が洩れた。

「義清殿、あの時、何かを御覧になられましたか——」

あの方は言った。

「何か、とは？」

問いながら、義清には、御簾の向こうにいる方が、何のことを言っているのか、すでにわかっていた。

二年前、鴨《かも》の河原で見たもの。昨年、同じこの庭で見たもの。一昨日、申《さる》と鞠を蹴った時、そして、昨日、成通卿と鞠のやりとりをした時に現れかけたもの。

その時ばかりではない。

子供の時にも、それと知らずに、自分は、あれを何度も見たのではなかったか。

長じてからも、何かのおりに触れて、あれを自分は見たことがあったのではないか。

あるのか、ないのか、わからぬほど微《かす》かな気配の如《ごと》きもの——しかし、確かに、それは、この世にその時その時、たちあらわれていたのではなかったか。

「おわかりでございましょう」

はっきりした声音《こわね》で、その声は言った。

逃げることは許さぬ——その声が、言外にそう告げていた。

「わたくしは、見ましたよ」

御簾の向こうから、刺すような視線がこちらを見ていることが、義清にはわかった。

「昨年、ここで会《お》うた時、わたくしは問うた。あれが見ゆるのかと——」

覚えている。

はっきりと、一言一句、その時のこのお方の唇の動く様《さま》まで鮮やかに覚えている。

「その時、そなたは、あなたさまにもあれが見えるのでございまするか——と言うたはずじゃ」

その通りだ。

確かに自分はそう言った。

もとより、逃げるつもりはない。

「はい」

義清は、うなずき、

「わたしにも見えまする」

頭を下げた。

沈黙があった。

ひと呼吸、ふた呼吸、その方は、御簾の向こうで息を整えているようであった。

やがて――

「あれは、なんじゃ」

震える声が、届いてきた。

「わかりませぬ」

義清は言った。

自分の方が、それを知りたいくらいであった。

「いつからじゃ」

「は?」

「わたくしは、子供の頃からじゃ。そなたはどうじゃ」

「幼き頃より――」

「見えるのじゃな」

「はい」

「あれが見えるのじゃな」

「はい」

義清が言うと、深い溜め息が、御簾の向こうから洩《も》れた。

「ようやっと、会えた……」

掠れた声で、その方は言った。

「長い間、捜していたのじゃ。もう、この世にあれが見える者なぞおらぬのかと思うていた。その方がここにいた。ようやっと会うことができた……」

しみじみとした響きが、その声にはあった。

「お捜しになっていたのでござりまするのか?」

「そうじゃ。捜した。しかし、どうやって捜す。人に会うごとに問うか。そなた、あれが見ゆるのかと。狂うたと思われるだけじゃ」

確かに、その通りであった。

義清自身も、それは通ってきた道であった。人に問うても、誰《たれ》も、それが見えるとは言ってくれない。気がおかしくなったのかと思われるだけだ。それに、あれは、いつも見えるわけではない。あとになって考えてみれば、それは気のせいであり、実は見えていなかったのかとも思えてくる。

あれが見えたと思ったのは、自分がおかしかったのだ——そう考えるようになる。

そして、口をつぐみ、あれのことを、誰にも言わなくなる。その方が、変な眼で見られることがないからだ。

大きくなってからは、あまり見ることもなくなった。

あの時、鴨の河原で、申と共にあれを見るまでは——

「おつらかったでござりましょう」

義清は、心からそう言った。

「あれはな……」

声を低めて、その方は言った。

「人の心を啖《くら》うのじゃ……」

その方の声が、さらに低くなった。

「人の心を？」

「そうじゃ、そのように教えてくれた方がおられたのじゃ」

「他にも、あれが見える方がいらっしゃったのですか——」

「いた……」

ぽつりと、石を吐き出すように、その方は言った。

「そなたで、ふたり目じゃ、義清殿……」

「ひとり目は？」

「今は、もう、この世の方ではない」

「それは？」

「亡き、白河《しらかわ》法皇様じゃ」

なんと――

義清は、思わず声をあげるところであった。

思いがけぬ名を聞いたからである。

白河法皇と言えば、このお方の、祖父であり、父であり、そして夫《つま》であった人物である。実の孫である鳥羽《とば》上皇と、今、御簾の向こうで話をされている方を、とりあった方であった。

義清は、言葉を発することができなかった。

何か言わなくてはいけない。この方が、次に口を開くより先に、この自分が、何か言葉を発しなくてはならない。そう思う。しかし、言葉が出てこない。

「幼き頃、わたくしが、あれを見て怖がるとな、法皇は、わたくしに、添い寝をしてくだされた……」

その方は言った。

「小さなわたくしの足を、その懐に入れてな、あの方は、こう言われるのじゃ。姫よ、姫よ、怖がることはない。見てはいけない。見ても見えぬ、あってもない、そう思えばよい。そう思えば、あれは何もせぬ。本当に怖いのは、あれを見つづけてしまうことじゃ。あれは、見つめれば見つめるほど近く寄ってきて、姫よ、そなたの心を啖おうとする。見えぬ。何もそこにはない。そう思うのじゃ。さすれば何も怖いことはない……そう言うてなあ、あの方は、いつまでも、わたくしが眠りに落ちるまで、傍《そば》にいてくだされたのじゃ……」

このことは、誰《たれ》にも言うてはいけないよ。

このことは、姫とわたしとふたりだけの秘密じゃ……

白河法皇はそう言ったというのである。

義清の心は、ざわめいた。

これは、まるで、

〝ふたりの痴情の話を聴かされているのと同じではないか――〟

そう思った。

ふたりの交わした睦言《むつごと》を聴かされたようなものであった。

そうであったのか、そういうことであったのか――そう思いながら、激しい嫉妬《しっと》の炎が義清の胸を焼いた。

「そなたが、ふたり目ぞ……」

義清の耳に、その方の声が静かに響いてくる。

「ずっと、そなたに逢《あ》いたかった……」

その声を耳にした時、義清の身体が震えた。

「あ……」

と、声が出た。

「あなたさまを……」

義清は言った。

今言わねばならないと思った。

今言うしかない。言うべき言葉が、ようやく見つかったのだ。その見つかった言葉を今言わねばならない。

義清は、激しく息を吐き、吸い込み、そして言った。

「あなたさまを、この義清が、生涯お守りいたします」

せいいっぱいの、心情の吐露であった。

また、その方は沈黙した。

義清にとっては、身を切られるような沈黙であった。

「よきお漢《かた》じゃなァ、義清殿……」

ふいに、声が響いた。

「言葉は、空をゆく雲のようじゃ……」

その方は言った。

静かな声であった。

「言葉は、雲が月を隠すが如くに、真実《まこと》を隠し、嘘《うそ》を隠しもする。そして、なんとも美しく、人の心をも隠す……」

問うような視線が、御簾の向こうから届いてくる。

「わたくしが欲しいと、何故《なぜ》言えぬのじゃ」

岩を、脳天に落とされたような言葉であった。

御簾の下に、何かが現れた。

白い、細い指であった。

その指が、御簾の端を持ちあげた。指の動きは止まらなかった。白い指が、御簾を持ちあげてゆく。

膝が現れ、腰が現れ、胸が現れ——

顔が現れた。

わずかに傾けたその方の顔が、御簾の下から、覗《のぞ》いた。その眸《め》が、義清を見ていた。

そして、なんと、その方は、自ら御簾をくぐって立ちあがり、簀の子の上に歩み出てきたのである。闇にたちこめる菊の香を押しのけるように、その女《ひと》から立ち昇る香気が、夜気の中に満ちた。

昨年は、偶然であった。

たまたま、義清はその姿を見てしまっただけだ。しかし、今は違う。今は、この方が、自ら御簾の向こうから義清の前に姿を現したのである。

しかも、義清のすぐ眼の前である。

灯火の灯《あか》りが、その方の頰《ほお》を揺らした。

義清は、息をつめて、その顔《かんばせ》を見つめていた。

その方は、簀の子の上に座した。

膝元に、箏がある。

箏の横に置いてあった爪《つめ》を指に嵌《は》め、

「お聴きなさい」

箏を弾きはじめた。

その方の指先が、絃《いと》を弾《はじ》く。

玉《ぎょく》のような音が、闇の中に響いた。

義清が、以前、耳にした曲だ。

「想夫恋《そうふれん》」

昨年、同じこの場所でこの方が弾いていたのと同じ曲であった。

胸に染み通るような曲であった。

聴いているうちに、ふっ、と義清は気がついた。

——何かが始まりかけている。

あれだ。

この闇のどこかで、あれが始まりかけたのである。

わざとだ——と、義清は思った。

この方は、わざと、これを弾けば何が起こるかを承知で、この曲を弾き始めたのだ。

その方は、義清を見ていない。眼を伏せ、絃を弾《はじ》く自分の白い指先を見つめている。しかし、今、何が起ころうとしているか、この方は全《すべ》て知っておられるのだ。

庭石の陰から、樹《き》の陰から、あるいは草や樹そのものから、じわりじわりと這《は》い出てくるものがあった。

あれが始まったのだ。

女院様——

思わず義清は声をかけそうになった。

——これは、どういうおつもりでござりまするか。

しかし、義清は、それは口にしなかった。

これは、もののけなのか。

それが、集まり、大きく育ってゆく。

庭に眼を転ずれば、それはまさしく動く黒い影のように見えるのに、透明で向こう側が透けて見えたりもする。かたちなく、かたちさだまらず、ただ意味もなく動いているようにも見えるが、それが、ふいに意味のあるかたちになったように思える時もあった。

人の姿。

人の顔。

あるいは、獣の姿。

髪の毛のようなもの。

牛や、蟲《むし》、蛇が地を這《は》うようにも見えるが、見えた時には、それはもう別のものになって、かたちがどこかに消えてしまっている。

声さえも、聴こえたのではないかと思える時もあった。

意味をなさない、人の声。

赤ん坊の哭《な》き声のような時もあれば、鳥の鳴き声、風の音、低い地鳴りのような音の時もある。

「どうじゃ、義清……」

箏を弾きながら、その方は言った。

「あれが見ゆるか」

「はい」

義清はうなずいた。

「あれが聴こえるか」

「はい」

「あれは、何じゃ。どうしてあのようなものが、この世にいるのじゃ」

「わかりませぬ」

「あれは、いったい何をしたがっておるのじゃ。何のために、ああして集まり、忍び寄ってくるのじゃ」

「わかりませぬ」

そう答えるしかなかった。

その方は、顔をあげ、義清を見た。

その眸が、義清の視線と合った。

その眸の中に、怯《おび》えと哀《かな》しみの色があることに、義清はようやく気がついた。

激しい欲望が、義清を貫いた。

今、この瞬間、簀の子の上に駆けあがり、有無を言わせず、ありったけの力でこの方を抱きしめてさしあげたい――

その欲望が、胸を焼いた。

こらえきれない。

何か、言葉を発せねば、本当にそうしてしまいそうであった。

それに耐えるため、義清は言った。

「ただいまお弾きになられている曲『想夫恋』にござりまするか――」

「いかにも」

「以前にも、ここで聴かせていただきました」

「それがどうしたのじゃ」

「あの時の謎かけがわかりました」

「謎かけ?」

「皮肉な曲と、あなた様はその時申されました。その意味をわたしは問いましたが、教えてはいただけませんでした」

「それがわかったと申すか」

「はい」

「申してみよ」

「『想夫恋』とは、『源氏物語』にもある通り、妻がその夫を想う曲と言われております」

義清は、その方の眼を見つめながら言った。

『源氏物語』「常夏」巻に、光源氏が玉鬘《たまかずら》にこの「想夫恋」を弾くことを所望して、

いで弾き給へ。才は人になむ恥ぢぬ。想夫恋ばかりこそ、心のうちに思ひて、紛らはす人もありけめ。


このように言っている。

義清は、あの晩以来この曲が気になって、何人か、これを知りそうな者たちに訊《たず》ねている。

「想夫恋」とは、唐から渡ってきたものであり、妻が夫を恋うる曲——ここまでは、当時の宮廷人

たちの基礎教養であった。

それを教えてくれたのは、昨年、南殿《なでん》を菊で埋めた中納言藤原宗輔《ふじわらのむねすけ》である。

宗輔は、義清にそれを語ったあと、

「これにはまだ先がある」

そう言った。

「これまで、多くの者がそう思うてきたが、これが実は、もともとは別の名がつけられた曲であったのじゃ」

義清は、宗輔の言った言葉を思い出しながら、後を続けた。

「これは、晋《しん》の王倹《おうけん》が大臣の時、その屋敷に蓮《はす》を植えさせ、これを愛《め》でしおりの曲にござります。名づけて『相府蓮』。同じ読みから、知らず別の字があてられ、『想夫恋』となったものにござります」

「それを、どう謎解きしたのじゃ」

その方が問うてきた。

「申しあげられません」

「何故じゃ」

「その理由も、申しあげられません」

「『想夫恋』の謎かけを解いたと申したはそなたじゃ、申せ」

その方の声が高くなっている。

すでに、その方の手は止まっていた。

その指は、もう、絃《いと》を弾いてはいない。

影たちは、しかし消えずに、行き場を失ったように周囲にたゆたっている。ただ、ふたりが声を発するたびに、影は揺れ、盛りあがり、得体《えたい》の知れぬもののかたちを作った。

「お許し下さい」

義清が言葉を発すると、
おう……

影が、ざわりと揺れる。

「ならぬ、申せ」

その方が言うと、
おう……

影が、もぞりと這う。

影たちのその動きは、悦《よろこ》んでいるようにも思えた。また、哀しんでいるようにも見えた。ここで出会ってしまったふたりを寿《ことほ》いでいるようでもあった。

しかし、影たちに意志はなく、ただ、たまたまそういう動きをしているだけのようでもあった。

「わたくしを、愚弄《ぐろう》する気か。いいや、それならばまだよい。このわたくしを、そなた、もしや哀れんでいるのではあるまいな」

おう……

「いいえ、けして、けして――」

おう……

義清は立ちあがっていた。

この方は、わたしの答えをもうわかっていらっしゃるのだ——義清はそう思った。

鳥羽上皇が、自分のことではなく別の女性得子《なりこ》のことを寵愛《ちょうあい》している——それを知りながら、自分は「想夫恋」という実は別の名を持つ曲を弾いている。それを、この方は〝皮肉〟と言ったのだ。

しかし、それを言うことはできない。

「そなた、このわたくしを哀れむか」

その方が言うと、それを悦ぶかの如くに、
おう……

と影が蠢《うごめ》く。

「いいえ、ただわたしは、あなたさまをお慕い申しあげているだけでござります」

義清が言うと、影たちがそれに和して、
おう……

と喜悦の声をあげる。

「わたしは、あなたさまを——」

義清は、叫ぶように言って、立ちあがっていた。

片足を簀の子の上にかけた。

「片足だけか、義清。片足だけか！」

その方も立ちあがっている。

ざわり、

ざわり、
と、ふたりの周囲で、狂おしく影が波打った。

義清は、歯を嚙《か》んでいる。煮えたぎる奔流の如きものが、血の中を駆けまわっている。

身体が震えた。

その身が、ちぎれてしまいそうであった。これほど荒々しいものが、自分の肉の裡《うち》に潜んでいたのかと思った。ひとりの女が死ぬほど愛《いと》しい。あの盛遠《もりとお》もまた、このような想いに身を焼いたのか。

耐えた。

耐えられない。

おれは、獣だ。

義清はそう思った。

獣でいい。

もう何も見えない。

聴こえない。

「かああっ」

声をあげて、義清は簀の子の上に跳ねあがっていた。

眼の前に、その方がいた。

見つめあった。

「わたくしが欲しいと言いなさい」

その方が言った。

「欲しい」

義清は、火を吐くように言った。

「あなたが、欲しいのだ」

荒々しく手を伸ばし、その方の手を握った。強い力だった。その方は、喉の奥で小さく声をあげ、激しく、義清に身体をぶつけるようにしてしがみついてきた。義清は、そのかぐわしい身体を、あらん限りの力で抱きしめていた。

その身体は震えていた。

巻《まき》の八　文覚荒行《もんがくあらぎょう》

かくて三七日の大願つひにとげにければ、那智に千日こもり、大峯三度、葛城二度、高野《かうや》、粉河《こかは》、金峯山《きんぶぜん》、白山《しらやま》、立山、富士の嵩《たけ》、伊豆、箱根、信濃戸隠、出羽羽黒、すべて日本国のこる所なく、おこなひまはって、さすが尚ふる里や恋しかりけん、都へのぼりたりければ、凡《およ》そとぶ鳥も祈りおとす程の、やいばの験者とぞきこえし。

——『平家物語』

（一）

遠藤盛遠《もりとお》は、ただ歩いている。

炎天下の酷暑の道であった。

髪も髯《ひげ》も、伸び放題である。頬《ほお》はこけ、唇は乾いて皹《ひび》が入っている。着ているものはぼろぼろで、一度も洗ってはいない。雨に濡《ぬ》れればそのまま歩き、陽《ひ》が照れば乾く。

素足であった。

髪の間から見える眸《め》は、黄色く濁っている。

知っている者が見ても、これがあの剛勇で知られた北面《ほくめん》の武者盛遠であるとはわかるまい。

石や草で足に傷ができ、それが膿《う》んでそのままになっている。蠅《はえ》や虫が飛んできて、盛遠の身体《からだ》にたかるが、盛遠はそれを追おうともしない。

腹が減れば、道端の草を喰《く》い、飛んできた虫を喰い、草から跳ねて身体にたかった蝗《いなご》を取って喰い、誰《たれ》かが喰い物をめぐんでくれればそれを食べた。

熊野へ向かっている――

と、自分では思っている。

そのはずであった。向かっていないのなら、それはそれでかまわなかった。夜になれば道端で眠り、雨が降ればそのまま濡れた。もしも、道の途中で倒れ、そのまま死んでしまうのであれば、それもまたそれでかまわなかった。むしろ、そういう死であれば自分の望むところであった。

「袈裟《けさ》よ……」

時おり、小さい声でつぶやくが、道ゆく者の耳にその声が届いたとしても、それは、狂うた者の意味のないぶつぶつ言う言葉の如《ごと》くに、何のことやらわからない。

ただ、熊野へ向かって歩いている。

熊野へゆけば、熊野へたどりつけば……

それだけを思っている。

熊野へたどりつけば、この苦しみから救われるのか、それはわからない。

救われなくていい――盛遠はそう思っている。

救われたくて、熊野へ向かおうと思っているのではない。

自分の肉体を捨てるために、熊野へ向かっている。

源渡《わたる》に、生命を助けられた。

「貴様を楽になぞしてやらぬ」

渡は言った。

楽になる気はない。渡の望む通り、苦しんでやろう。自分の生命を捨てるのだ。捨てると言っても、生命を絶つというのではない。生きる、死ぬ、それを考えない。この肉体と生命をかけて、自らに苦行を科すつもりであった。それで、袈裟の供養になるかならぬのか、盛遠にはわからない。

しかし、それをするつもりであった。それしか思いつかない。

自分の肉をいじめて、それでその結果死があるのなら、それはそれでしかたがなかろう。

いや、もしかして、自分が今、熊野へ向かおうとしている心根の中には、救われたいという思いが、千分の一、万分の一なりともあるのであろうか。この苦しみから楽になりたいという思いがあるのであろうか。

あるのなら、自分は卑怯者《ひきよう》だ。

自分で自分の心がわからない。

心は、様々なものでできている。決してひとつのものではできあがっていない。それが、揺れ、動き、常にかたちや有り様を変え続けている。

自分で、自分の心がわからない。

もう、考えるのはやめよう。

考えてわかることは、たかが知れている。

熊野は、古い神々と仏の里だ。

死人の霊が集まるという。

それならそこで、袈裟の霊に会えるかもしれない。

盛遠は、ふらふらと、熊野へすがるようにして炎天下の中を歩いている。

(二)

熊野へゆこう――

そう考えた時、盛遠《もりとお》がしたことがあった。

それは、自分の肉体を、そのまま山野に投げ出すことであった。

「熊野での行《ぎょう》ほど、凄《すさ》まじいものはない」

かつて、盛遠は、そういう言葉を耳にしたことがある。

山を駆け巡り、滝に打たれ、食を断ち、経を唱える。

経であれば、盛遠も多少は空《そら》で唱えることはできる。幼き頃、家に出入りしていた山伏から、おもしろ半分に教えてもらったことがある。

その山伏が、熊野での行の凄《すさ》まじさを教えてくれたのだ。

大辺路《おおへち》、小辺路《こへち》の参拝道から、大峰、熊野、那智を駆ける奥山の路《みち》もある。獣も通わぬ奥駆《おくが》けの路もあるとか。

「修行中に、熊野で生命《いのち》を落とす坊主や験者たちも無数にある。山中には、そやつらの屍累々《かばねるいるい》。したたるがごとき瘴気《しょうき》が渦巻いている森もある」

全身から精気を溢《あふ》れ出させているような山伏であった。

「山を歩いていたら、どこぞよりぶつぶつと『法華経』を唱える声が聴こえてくる。怪しゅう思うて、声をたよりに行ってみれば、なんと、髑髏《どくろ》ひとつが森の中にころがり、その髑髏の中で舌ばかりが残って経を唱えておった」

修行中に死んだ坊主が、成仏せぬまま屍となり、執念で経を唱えておったのだなあ——

「あさましき鬼の姿よ」

山伏はそう言った。

それを耳にした時、盛遠は身震いした。

後になって、盛遠はそれを思い出し、それは恐《こわ》かったためではないと、自分の身にその時襲いかかってきたものについて、そう思うようになった。あの時、自分は、魂を揺さぶられたのだ。

どうせ死ぬのであれば、そこまで今生《こんじょう》に思いが残るような死に方をしてみたい——子供ながら、自分はそう思ったのではなかったか。

それが、ずっと頭の中に残っていたのである。

熊野へゆこう、と思った。

そう思った時、その修行とは、はたしてどれほどのものかと思った。

見当もつかない。

そこで、盛遠は、近くの山の中に分け入り、藪《やぶ》の中にそのまま身を投げ出した。

七日七晩、そのまま、動かなかった。

虫が這《は》えばそのままに、毒虫が噛《か》んでも動かない。飲まず、喰《く》わず。糞《くそ》も小便もそのまま垂れ流した。

蠅《はえ》が飛んできて、傷口に卵を産みつけられてもそのままにした。

蛆《うじ》が孵《かえ》り、傷口の腐った肉を啖《くら》ってもそのまま動かない。

七日七晩が過ぎて、むくりと盛遠は起きあがった。

「これほどのものであろうか」

そうつぶやいて、盛遠は、熊野に向かって歩き出したのである。

（三）

天と地のあわいから落ちてくる太い水が、激しく盛遠《もりとお》の身体《からだ》を叩《たた》いていた。

十一月七日――

冷たい水だ。

もはや、身体にほとんど感覚はない。

那智瀧《なちのたき》――周囲の岩に跳ねた水が凍り、そこから氷柱《つらら》となって垂れている。飛沫《しぶき》があたらぬ岩には、三日前から降り出した雪が積もっている。

楽になぞ、ならなかった。

救われなかった。

もとより、楽になろうとしたわけではなく、救われようとしたわけでもなかった。何も変わらない。心の中には、ごうごうと雪嵐よりも寒い風が音をたてている。

身を切られるような痛さを感じたのは、始めだけであった。

慈救《じく》の呪《しゅ》——不動明王の陀羅尼《だらに》を大声で叫ぶように唱えているうちに、身体はかっと熱くなり、そのうちに、何も感じなくなってしまった。

「ノウマクサマンダバザラダン　センダマカロシャダ　ソハタヤ　ウンタラタカンマン」

——一切の金剛尊に帰依《きえ》す。恐ろしき大忿怒《ふんぬ》尊よ、打ち砕きたまえ。

これをただ唱え続ける。

身体が何も感じなくなったのに、かえって自分の心ばかりが、肉の底に赤あかと点《とも》っているのが見えてくる。

それが、内側から盛遠を焼く。

ごうごうと吹く極寒の嵐の中で、その心の灯が、たったひとつ残された生命《いのち》のひとかけらの如《ごと》くに、揺れている。

呪を、唱えても唱えても、叫んでも叫んでも、何もおこらない。

胸に去来するのは、三日前のことであった。

あれは、未練であったのか!?

なんで、あんなところで、あの行列を見てしまったのか。あそこで、思わず立ち止まってしまったばかりに、会ってしまったのだ。

あのふたりに——

熊野に入って、獣のように生きた。

山野を、ただ駆けた。

修行といっても、やり方も何もわからない。

不動明王の陀羅尼を唱えながら、駆ける。そういうことしかできない。眠くなれば倒れて眠り、虫を捕らえて啖《くら》い、木の根を囓《かじ》った。渓《たにがわ》の石の間を手でさぐれば、魚を捕らえることができた。沢の石をひっくり返せば、そこに蟹《かに》もいる。

蛇も食べた。蟾蜍《ひきがえる》も食べた。鹿や猪《いのしし》は、素手では捕らえられない。地鼠《じねずみ》を石で叩いて殺し、それを食べたこともあった。

秋には、木の実や、茸《きのこ》も出た。

小さな袋を背負い、食べ物はそこに入れた。飲み水は、竹筒に入れて歩き、駆けた。

陀羅尼を唱えて走っていると思ったら、いつの間にか、ただ口から獣のような唸《うな》り声をあげて、獣の如くに四つん這《ば》いになって歩いていたということも、幾度となくあった。

山中で人に出会うこともあったが、自分が姿を隠すまでもなく、向こうが逃げることもしばしばであった。

人は、恋しかった。

誰でもよいから会いたくなった。

ののしられるのでもよいから、声をかけられたかった。夜、眠りながら、人恋しさに泣き叫んでいることもあった。

不思議だった。

人の世を捨てたと思ったのに、人を恋しがっている。

冬に入り、手に入る食物が少なくなり、痩《や》せに痩せた。

そういう時に、出会ったのである。

三日前——

場所は、那智から熊野本宮《ほんぐう》に向かう山中でのことであった。

ふと見おろした谷の底を、行列が歩いていた。

ただの行列ではない。都の人間の行列であった。

どきりと、心臓が音をたてた。

何人いるであろうか。百人に余る人間たちが、那智から本宮へ向かう山中の道を歩いていたのである。徒歩《かち》の者もいれば、腰輿《たごし》に乗る者もいた。

その前後を、腰に刀を下げた者たちが歩く。

上皇の御幸《みゆき》であった。

白河《しらかわ》法皇の頃から、ほぼ毎年、熊野詣《くまのもうで》があったことは、盛遠も知っていた。

法皇が亡くなられてからも、鳥羽《とば》上皇は毎年熊野にお出かけになっている。この行列がそうなのだ。思いがけなく、それに出会ってしまったのだ。

女山伏装束の女房もいるが、宮中ほどではないにしろ、この奥深い山には不似合いなほどきらびやかな衣装の者もいる。

ああ——

胸が締めつけられた。

まだ、今年の春までは自分もあの行列の中にいたのだ。今の盛遠にとっては、遥《はる》か遠い世界のことだ。

ゆるゆると、行列が、谷の底から盛遠のいる方へ、森の斜面を登ってくる。

このままでは、いずれ、ここであの行列と出会うことになる。

そこへ——

「誰《たれ》じゃ」

盛遠の背後から、声がかかった。

盛遠が振り返ると、そこに、あのふたりが立っていたのである。

ひとりは、折烏帽子《おりえぼし》を被《かぶ》り、白い水干を纏《まと》った北面の武者《むさ》であった。大ぶりの野太刀を腰に佩《たずさ》え、切れ長の眼でその武者は、盛遠を見つめていた。

もうひとりは、肌の白い、一見女の如くに見える、やはり北面の武者である。こちらの男が腰に佩《は》いた細太刀の鞘《さや》には、螺鈿《らでん》文様が入っていて、立ち姿も艶《あで》やかで背筋も伸びている。

平清盛《きよもり》!?

佐藤義清《のりきよ》!?

「何をしておる」

清盛が訊《たず》ねてきた。

その時、盛遠は、自分の口から声が発せられるのを聴いた。言葉ではない。獣の如き唸り声である。

唸り声をあげながら、盛遠は、そこに四つん這いになっていた。

頭から、斜面に身を躍らせていた。

行列が登ってくるのは、左手からだ。それと出会わぬよう、盛遠は、右手の方へ飛んでいた。

後は、疾《はし》った。疾った。

両手と、そして両足を使って疾った。

自分の背へ、清盛か義清か、どちらかが声をかけてきたようにも思えたが、その言葉を判別できるような状態ではなかった。

行列と、ふたりから一刻も早く遠ざかりたかったのである。

疾っているうちに、いつの間にか降り出していたのが、雪であった。

雪は降り続き、今は、瀧に打たれている盛遠の周囲の岩や樹々《きぎ》の上にも、白いものが積もっている。

ああ――

どうして、あの時、自分は逃げ出してしまったのであろうか。しかも、獣のように、両手両足を地に着いて走った。喉《のど》の奥から、唸り声さえあげたような気がする。

そして、この瀧壺《たきつぼ》に入ったのだ。

すでに、二日目であった。

自分は、卑しい――

盛遠は、そう思っている。

自分は逃れるために、こうしてこの瀧壺に入ったのではないか。

肉の感覚はすでに失《う》せている。何しろ、胸まで冷たい水に浸《つ》かっているのである。合わせた両掌《りょうて》と、胸から上が水中より出ているだけだ。その出ている胸から肩、首にも、瀧の水が絶え間なくぶつかってくる。

三日目――

四日目――

そして、五日目には肉体のみならず、意識までもが、朦朧《もうろう》となった。

飛沫《しぶき》の中から、眼を半眼にして見やれば、すぐ先の水面に、童子《どうじ》が立っているのが見える。

裸の童子であった。

童子は、盛遠を見つめながら、微笑している。

誰か!?

と、盛遠は思う。

どうして、この童子は、裸で、しかも水面に立つことができるのか。

そう思った時、ふうっと盛遠の身体《からだ》が浮いた。高さ数千丈から落ちてくる水の勢いに、ついに盛遠の身体が踏んばりきれなくなったのである。

ざあっ、

と、盛遠の身体が流された。

五、六町も流された時、もう、盛遠の意識はなくなっていた。

気がついた時、盛遠は、川岸に仰向けに寝かされていた。

熊野詣の者たちと見える何人かの、見知らぬ顔が、盛遠を見おろしていた。

「おう、行者殿《ぎょうじゃどの》が気がつかれたぞ……」

顔のひとつが言った。

「危ないところであった。もしも、あのまま流されていたら、死んでいたやもしれぬところぞ」

別の顔が言った。

「こ、子供は……」

盛遠は、顔をあげながら言った。

「子供？　子供などはどこにもおらぬ」

彼らは不思議そうな顔をした。

「おまえたちが、このおれを助けたのか？」

「そうじゃ」

最初に声をかけてきた男が言った。

「我らここまで参拝にやってきたれば、この雪が降る中、あそこで瀧に打たれておる行者殿がおられたのじゃ。熊野、大峯《おおみね》の修験者《しゆげんじや》とて、あのようなことはようせぬ。よほどのことがあったかと、身につまされもし、心配もしておったのじゃ。わずかに眼を離した隙《すき》に、次に瀧を見てやれば、もう行者殿の姿は瀧壺から消えておった……」

「どうなされたかと思うていたら、行者殿が上から流されてきたのじゃ。慌てて川よりひきずりあげて、ここへ寝かせたわけでな――」

盛遠は、ようやく意識がはっきりともどってきた。

「いらぬ世話じゃ」

盛遠は、髪から水を滴らせながら言った。

「おれは、この瀧に、三、七、二十一日の間打たれて、慈救《じく》の呪《しゅ》を三十万遍唱え果たそうとの大願あってここに入ったのじゃ。それを、まだ七日も過ぎておらぬというに、このていたらくぞ」

盛遠は、立ちあがり、おそろしい眼で自分を助けた者たちを睨《にら》んだ。

「何故《なぜ》助けた。死すれば屍《かばね》となって、水底に沈んでも、そこで三十万遍唱え果たそうと思うておったによ」

激しい言葉でののしった。

盛遠を助けた者たちは、その凄《すさ》まじさに、思わず後ずさった。

「二度と助けるでないぞ」

盛遠は、また、素足のまま瀧壺に入ってゆき、また胸まで水に浸かって瀧に打たれ、不動明王の陀羅尼を唱えはじめた。

ノウマクサマンダバザラダンセンダマカロシャダソハタヤウンタラタカンマン……

六日目が過ぎ、七日目が過ぎ、八日目になった。

すでに、盛遠の意識は、消え果てていた。

山中で、清盛、義清と出会ったことも、思い出せない。ただ、ひとりの女の姿だけが、消えなかった。

「袈裟《けさ》よ……」

陀羅尼を唱えながら、時おり、その女の名を呼んだ。

ああ、これでもう、自分は死ぬのか――そう思った。それなら、それでよい。思い死にできるのなら、それは本望であった。

寒さは、もう感じていなかった。

眠くなっている。

今にも眼が閉じそうであった。

その閉じかけた盛遠の眼に、童子の姿が見えていた。

ひとり、ふたり……八人の裸の童子が、盛遠の周囲の水面に立って、しきりと声をかけてくる。

しかし、盛遠には、彼らが何を言っているのかわからない。

童子のひとりが、盛遠の手を摑《つか》んで引いた。

瀧壺から、もう出てこいと言っているらしい。盛遠が動かないと、さらに手の数が増えた。

「どこの誰やら知らぬが、余計な世話じゃ——」

つぶやく盛遠の声は、瀧音に打ち消されて八人の童子には届かないようであった。

何人かの童子が宙に浮いて、瀧の中から、あるいは外から、盛遠の肩を摑み、腕を摑み、宙に引きあげようとする。

「邪魔をするな」

叫んだのか、つぶやいたのか、すでに混濁した意識の中にある盛遠にはわからない。

幻覚なのか、夢なのか——

それとも、自分を死へと誘いに来た魔性のものなのか。

「去れ」

盛遠が言うと、ふっ、ふっ、と八人の童子は消えた。

ふいに、自分の身体の重さが消えた。肩と頭にかかっていた、瀧の圧力もない。

盛遠は、合掌したまま、仰向けになって流されていた。しかし、盛遠はそれに気づいていない。

まだ、陀羅尼を唱え続けている。

傍《そば》の水面を、走っているものがいた。

わずかな布を身体に巻きつけた、金色に輝く角髪《みずら》を結ったふたりの童子であった。

ひとりの童子が、盛遠の後ろ襟を摑んで流れてゆくのを止めた。

もうひとりの童子が、宙に浮いて、上から盛遠を見下ろしている。

「誰《たれ》じゃ……」

盛遠は問うた。

「我らは、大聖《だいしよう》不動明王の御使《おんつか》い、矜羯羅童子《こんがらどうじ》」

「制吒迦童子《せいたかどうじ》にござります」

二童子が言った。

「何をしにきた……」

「盛遠さま、あなたをお助けに……」

矜羯羅童子が言った。

「このところの荒行、都率天《とそってん》より眺めておられました我らが主《あるじ》が申すには、遠藤盛遠、近頃稀《まれ》なる修行者なり。行とはそもそも、死ぬためのものにあらず。生きて衆生を救わんためにこそ、行も生もあり。死ぬ前にお助けして、今生《こんじよう》の世に生かすべしとのお達示《たつし》あり――」

「そなたを苦しみからお助け申さんとの仰せじゃ」

ふたりの童子が、香《かぐわ》しい息とともに言った。

「おれを、この苦しみから救うだと⁉」

盛遠は唸った。

「いらぬ世話じゃ！」

吼《ほ》えた。

「不動明王の陀羅尼を唱えたは、他に知らぬからじゃ。救われたくて唱えたのではない。救われぬでよい。おれは、たとえ七生《しちしょう》生まれかわろうと、袈裟のことを忘れぬ。救われるとはどういうことじゃ。袈裟のことを忘れるということか。忘れぬぞ。忘れるわけがない。忘れねば、この苦しみもまたあるということじゃ。この苦しみが、おれが袈裟を覚えておるということの証《あか》しじゃ。忘れてたまるか‼」

盛遠は、歯を軋《きし》らせた。

「去《い》ね‼」

血を吐きながら、盛遠は叫んだ。

「不動明王に伝えよ。人がことに関《かか》わるでないと言え！」

ふたりの童子は、手を引き、哀《かな》しそうな顔をして、盛遠を見た。

再び、盛遠の身体が流れはじめた。

ふたりの童子は、宙に浮いて、流されてゆく盛遠を無言で見下ろしながらしばらくついてきたが、いつか、その姿も見えなくなっていた。

（四）

いやな感触であった。

ぶっつりと肉が断ち切られ、ごつんと骨が割られ、続いて、床までを抉《えぐ》った。その感触が、指に、手に、身体《からだ》に、心に残っている。

眠る度に思い出す感触――それは、袈裟《けさ》の首を斬《き》り落とした時のものだ。

何故《なぜ》、あのようなことをしてしまったのか。

あれしか、方法はなかった。いや、ないと思い込んでいた。

源渡《わたる》を殺すしかないと。

もう一度、生まれかわったとて、自分が自分である限り、また、自分は同じことをしてしまうであろう。

ああ――

何を考えているのか、このおれは。

そこで、ようやく盛遠《もりとお》は、自分がものを考えていることを知った。

小さく、音が聴こえている。

何の音か。

火の燃える音だ。小さく火の粉がはぜる音。湯の滾《たぎ》る音。

温かい。

眼を開いた。

横手で、火が燃えていた。河原で拾ったらしい丸い石で囲われた中で、薪《まき》が燃えていた。赤い、柔らかな火であった。その上に直《じか》に黒い鍋が置かれていて、その中で湯が滾り、しきりに湯気をあげ、音をたてているのである。

小さな小屋であった。

土間であった。

土の上に筵《むしろ》が敷かれ、その上に盛遠は仰向けになって寝かされていたのである。

髪も乾いていた。着ているものも、きれいに乾いていた。そして、驚いたことに、自分が着ているものが、瀧《たき》に打たれていた時に自分が身につけていたものと違っていた。

盛遠が着ていたのは、墨染めの僧衣だったのである。

この時になって、盛遠は、ようやく、火の匂《にお》いの他に、もうひとつ別の匂いがあることに気がついた。

味噌《みそ》の煮える匂いであった。

どうやら、鍋の中に入っているのは、ただの湯ではなく、そこで何かを煮ているらしい。

「気がつかれたか……」

低い声が響いてきた。

盛遠は、夜具にした筵の上で身を起こした。

見れば、炉の横手にひとりの僧形《そうぎょう》の男が座して、手に持った木の枝を、火の中に投じようとしているところであった。四〇代半ばぐらいであろうか。剃髪《ていはつ》した頭には、髪が短く伸びており、白いものの混じる髯《ひげ》も生えている。

「このおれを助けてくだされたのは、御坊か？」

盛遠が言うと、

「そうじゃ……」

とその僧が答える。

「何者じゃ……」

盛遠は、その僧を睨《にら》むようにして言った。

「覚鑁《かくばん》じゃ」

そう言って、その僧は、手にした木の枝で、燃えている薪を、炎の中心に寄せた。

「高野《こうや》の坊主さ」

その僧——覚鑁は、手にした木の枝を、火にくべた。

火の粉がはぜた。

「この瀧《たき》が好きでな。たまに独りで出かけてくるのじゃ。ここに小屋がけして、ただ念仏三昧《ざんまい》の日々じゃ。さっき、水を汲《く》みに川へ下りたら、そなたが流されてきたのでな……」

それで、盛遠の身体を引きあげ、この小屋まで運んで寝かせたということらしい。

「何故《なぜ》、このおれを助けた——」

盛遠の双眸《そうぼう》が光った。

僧が黙った。

中背の、痩《や》せた僧であった。その僧と盛遠の眼が合った。僧は、黙ったまま、無言で、盛遠を見つめている。不思議な眼であった。優しい光をたたえているのに、どこかひどく哀《かな》しそうにも見えた。

何故じゃ……

そう問おうとした盛遠の唇が、半分開きかけて止まった。

その僧が着ているものに、気がついたからである。その僧が着ていたのは、それまで、盛遠が身につけていたものであった。

その僧が着ている盛遠のものであった衣《きぬ》からは、湯気が立ち昇っているのが見える。まだ、濡《ぬ》れているらしい。

それで、ようやく盛遠は理解した。

この覚鑁は、盛遠をここへ運んでから、着ているものを脱がせ、身体を拭《ふ》き、わざわざ自らが身につけていた乾いた僧衣を、盛遠に着せ、自分は盛遠が着ていた濡れたものを身に纏《まと》ったのだ。

それが、今、炎の熱で、濡れたものが乾いてゆくところなのだ。湯気があがっているのはそのためであろう。

余計なことをするな――

そう言おうとした盛遠は、言葉に詰まってしまった。

無言で自分を見つめている覚鑁の眼を、同じように無言で見つめるしかない。

鍋の中で、煮えているものが音をたてている。

火の粉のはぜる音。

どこからか聴こえてくる川の音。

煙のたちこめたその小屋の中に、壁の隙間《すきま》から、幾筋もの光が差し込んでいる。

どれくらいの時間が過ぎたか――

思いがけぬことがおこった。

盛遠を見つめている覚鑁の眼の中に、ふいに涙が溢《あふ》れてきて、それが、ほろりと落ちて頬《ほお》を伝ったのである。

これには、盛遠の方が驚いた。

「ど、どうなされたのじゃ」

覚鑁は、答えなかった。

ただ、右手を伸ばし、鍋の中に差し込まれていた杓子《しやくし》を握り、左手で膝元《ひざもと》にあった木椀《もくわん》を持った。涙をこぼしながら、鍋の中のものを椀によそり、膝で動いて、盛遠の前にそれを置いた。

粟《あわ》、稗《ひえ》に米を混ぜ、わずかに青菜を入れて味噌で炊いた粥《かゆ》であった。

「食べるがよい……」

優しい声で、覚鑁が言った。

とまどいの眼で、盛遠は覚鑁を見た。

「食べなされ」

そう言って、覚鑁は、椀の横に、木の枝を削って作った箸を置いた。

盛遠は、椀に手を伸ばした。指先が、椀に触れた。椀は、温かかった。盛遠は、両手を添え、椀を包むようにして持ちあげた。

箸を手に取って、それを食べはじめた。

それは、温かく、盛遠の腹に滲《し》みわたった。
盛遠は、声をあげて、泣きながらその粥を食べていた。

巻《まき》の九　熊野道《くまのみち》

熊野へ参らむと思へども
徒歩《かち》より参れば道遠し　すぐれて山峻《やまきび》し
馬にて参れば苦行ならず
空より参らむ　羽賜《はねた》べ　若王子《にゃくわうじ》

――『梁塵秘抄《りょうじんひしょう》』

（一）

「おい、義清《のりきよ》」

清盛《きよもり》は、獣のような声をあげて逃げ去った男が揺らしていった熊笹《くまざさ》を、まだ睨《にら》んでいた。

「今のは、何だ⁉」

人か、獣か――清盛は、義清にそう問うているようであった。

「わからぬ……」

義清は、太刀の鞘《さや》を左手で握りながら、つぶやいた。

義清も清盛も、鳥羽《とば》上皇と待賢門院璋子《たいけんもんいんたまこ》の熊野詣《くまのもうで》に、ふたりの警護のため、北面の者として同行している。

大辺路《おおへち》を通り、本宮に寄り、新宮《しんぐう》に寄り、那智の瀧《たき》を回って、今また本宮に向かって山中を歩いてきたところであった。

清盛と義清は、行列より先に山道を歩いて、危険はないか、怪しい者はいないかを確認しつつ、一行を先導するのが役目であった。

「どうせ、気休めじゃ。この行列を襲うような山賊も、怪しい者も、ありはせぬ」

そう言って、この旅で先導役を務めてきた清盛と義清であったのだが、今、まさにその怪しい奴に出会ってしまったことになる。

ふたりで歩いていたら、行列を見下ろしている異様な風体の男を見つけた。

異様な精気を、その全身から滴《したた》らせているような男であった。

「おい」

と声を掛けたら振り返り、獣のような唸《うな》り声を発し、跳んで逃げたのである。しかも、四つん這《ば》いであった。

先ほどの男が、上皇や待賢門院に、何か仇《あだ》を為《な》そうとして、ああして行列を見ていたとも思えない。熊野で修行するうちに、悪《あ》しき神に憑《つ》かれでもして、気が狂い、そのまま山中をうろつくようになった行者のひとりでもあろうか。

しかし、義清は、妙に何か心にひっかかるものを感じていた。

今見たばかりの、獣の如《ごと》き行者を、どこかで見たような気がしてならないのである。

こちらを振り返ったあの顔に、覚えがある。

痩《や》せて頰肉《ほお》が落ち、髪も髯《ひげ》もぼうぼうと伸びていた。垢《あか》だらけで、着ているものも襤褸《ぼろ》同然であった。

しかし、髪の間から一瞬こちらを睨んだあの眸《め》の光――それに覚えがあるのである。

義清の脳裏に、その時、閃《ひらめ》くものがあった。

「おい、清盛」

声をかけると、

「なんだ、義清――」

清盛が、振り返った。

「今の男だが、覚えがある。あれは、盛遠《もりとお》ではないか――」

義清はその名を口にした。

「おまえもそう思うたか」

「では、おまえも……」

「うむ」

と清盛はうなずき、

「しかし、変わり果てた姿じゃ……」

低くつぶやいた。

「どうする、清盛」

「どうするとは？」

「このこと、報告するか？」

「袈裟《けさ》を殺して逃げた、遠藤盛遠を見たとか……」

「そうじゃ」

「むう」

と、清盛は天を睨み、しばし黙考した。

その顔に、しばらく前から降りはじめた雪が舞い落ちてゆく。

やがて、顔をもどし、

「その必要はあるまいよ……」

己に言い聞かせるようにつぶやいた。

「今の、あの盛遠が、上皇に何事か仕掛けてくるとも思えぬ」

確かにそうであった。

仮に、これを告げたとすれば、この行列の中には渡辺党の者たちもいる。源渡《わたる》本人もいる。

山狩りをして、盛遠を狩り出そうと言い出す者も出るかもしれない。

「わかった」

義清はうなずき、

「清盛よ、おまえも、存外に優しいところがあるのだな――」

そう言った。

「ばか……」

小さく言って、清盛は先にまた歩き出した。

照れているらしい。

「おまえは、よい漢《おとこ》じゃ、清盛――」

清盛の背へそう言って、義清もまた歩き出した。

（二）

鳥羽《とば》上皇が、安楽寿院《あんらくじゆいん》の落慶供養のため、権大納言《ごんだいなごん》徳大寺実能《さねよし》を従えて同地に御幸《みゆき》したのは、保延三年（一一三七）十月のことであった。

法金剛院《ほうこんごういん》で、競馬《くらべうま》のあったその翌月のことである。

お忍びであった。

北面の者として、義清《のりきよ》も、選ばれてこれに供奉《ぐぶ》している。

この知らせを、義清にもたらしたのは、徳大寺実能であった。

実能は、義清を屋敷に呼び出し、

「喜べ」

まず、そう言った。

「今度の御幸に、そなたが供奉することになった」

実能は、満面の笑みを浮かべている。

「上皇じきじきのお声がかりぞ」

「身に余るお話に存じます」

実能のはしゃぎように比べ、義清の返事はむしろ素っ気ないくらいであった。

「法金剛院で、上皇はしっかりそなたのことを御覧《ごらん》になっておられたのじゃ。上皇はそなたのことを、気に入っておいでじゃ。くれぐれも、粗相のないようにな」

「はは――」

頭を下げたが、義清の頭の中にあるのは、上皇のことより、待賢門院璋子《たいけんもんいんたまこ》のことであった。

実能の屋敷に来ると、どうしてもあの晩のことを思い出してしまう。自分にしがみついてきた女院の力、身体《からだ》の震え、頰《ほお》にかかる息――そういうもののひとつずつが、鮮明に生々しく脳裏に浮かんでくるのである。

そのまま、御簾《みす》の向こうへ、女院に引きずり込まれたのか、自分が抱いて運んだのか――それは今となっては定かではない。

褥《しとね》に伏す寸前――

「狂うてよいか」

女院が、義清の耳に囁《ささや》いた。

その言葉を、耳から体内に注ぎ込まれ、狂うてしまったのは、女院ではなく、義清の方であった。

その晩のことが、今、義清の感情の全《すべ》てを支配しているのである。

柔らかな肌、交わされた秘語《ささめごと》、かぐわしい息――その全部を覚えているのである。

あの晩のことを知っているのは、自分と女院のふたりだけである。

実能は、むろん自分と女院との間にそのようなことがあったことを知らない。

もし、知っている者があるとすれば、それは堀河《ほりかわ》だけだ。

「ようやく出会《でお》うたのじゃ」

女院は、そうも言った。

あれが見える者、あれのことを語ることができる者、そういう人間にようやく出会えたというのである。

ふたりだけにしかわからぬことを、女院と共有している——そのことが義清の女院への思いをさらに深いものにした。

これまで、いったい何人の男がこの御方《おかた》と契ったかは知らないが、その誰《たれ》よりもこの自分が、この方と深い交わりをもったのであると——

白河《しらかわ》法皇を除いてはだ。

〝鳥羽上皇よりも〟

そう思うと、背に刃《やいば》をあてられるような、ぞくぞくする感触が、義清の全身を貫いて疾《はし》る。

すでに、白河法皇は、この世の方ではない。

つまり、今、女院と一番深く繋《つな》がっているのはこの自分なのだ。

自分のみ——

誰《たれ》にも言えぬ秘密だ。

妻にも、実能にも、清盛にも、鳥羽上皇にも。心の中で思うことさえ、誰《たれ》かにそれを覗《のぞ》かれそうで怖かった。

けして——けして誰にも覚《さと》られてはいけない。

その思いが、義清を高揚させている。

しかし、義清は、その高揚を、肉の底に押し込んでいる。

感情を見せない義清の様子に、

「嬉しゅうないのか」

実能がそう問うてくるほどであった。

「嬉しゅうござります」

義清は、そう言って頭を下げるばかりであった。

あの晩、自分の裡《うち》の何ものかが変わったのだ。佐藤義清は、あの時別の人間になったのだ。それを、まだ誰も知らない。知られてはならない。

たとえ、死をもってしても、これは隠し通さねばならぬことであった。

安楽寿院は、京の南、鳥羽離宮の東殿の地に創建された御堂《みどう》である。

堂内には、阿弥陀《あみだ》三尊像が安置されている。

その堂の前に立って、鳥羽上皇は、できあがったばかりの堂を見あげていた。

堂に付属して御所も建てられており、上皇は、いずれこの地で院政を行うつもりでいる。

上皇の傍《そば》に、徳大寺実能と、そして義清が立っている。その周囲にいる者の中には、源為義《ためよし》、平忠盛《ただもり》の顔もあった。

「どうじゃ、実能」

上皇は言った。

「みごとなものにござります」

実能が、言いながら頭を下げる。

実能の頭の下げ方、その声音、いずれもこれまで義清が知っているものではない。褒める時も過度にならず、声の調子もことさら大袈裟《おおげさ》にならぬようにしているようであった。

堂に使用されている柱は、いずれもひと抱え以上もある檜《ひのき》である。

「屋根に使われている青瓦がまた、天を映しているかの如《ごと》くでござりますな」

実能の言うのを聴きながら、はてこの徳大寺実能は、このようなしゃべり方をする人物であったかと、義清は思っている。

この自分と話す時と、上皇と話す時が、もちろん同じはずがないのはわかっているが、想像する以上に、実能は、本来の自身の感情の振幅を殺している。感情を出す時には、自分が必要と思った時に、必要なだけ出しているのではないか。

「いずれな、得子《なりこ》のために、あそこに塔を建てようと思うておる」

上皇は、堂の向こうを指さした。

「それはようござりますな」

得子は、今上皇が寵愛《ちょうあい》されること、第一番の女人である。


忍びて参り給《たま》へる御方《おかた》おはして、いづこにも離れ給はず。やや朝政事《あさまつりごと》も怠らせ給ふさまにて、夜がれさせ給ふことなかるべし。

その様を、『今鏡』はこのように書いている。

女院の夜離《よが》れの原因の多くは得子にある。

女院の実兄である実能としては、ここで、もう少し妹璋子を思いやる発言をしてもよいところである。


いささかくったくがなさすぎるのではないか——

これが、実能の言葉を耳にした時に、義清が頭に思い浮かべたことであった。

しかし、これが実能の芸であるのかもしれない。実能の胆《はら》の中《うち》が、今、本人が口にした通りのものであるはずもない。

義清の想《おも》いは、しかし複雑であった。

女院を、夜離れさせて不幸にしているということでは、上皇を責めたい。しかし、夜離れの状態であったからこそ、あの晩のできごとがあったとするなら、上皇によって自分と女院は結ばれたことになる。さらに言えば、夜離れのような状況にあったとはいえ、女院は上皇の中宮である。その女性と契りを結んでしまったという、うしろめたさが義清にはある。いや、うしろめたさと言うよりは、もっと別の感情だ。

なんという畏《おそ》れ多いことを自分はしてしまったのか。このまま逃げ出してしまいたくなるような恐怖がある。

自分が契りを結んだ女性の夫《つま》たる人物が、今、眼の前にいる。

その人物は、この日本国の最高権力者なのである。そして、あの晩のことを、今、眼の前にいるこの方は知らないのだ。

義清が、そこから逃げ出さずにすんでいるのは、覚悟があるからであった。

いよいよの時は――

〝死ねばいい〟

義清はそう思っている。

「義清」

上皇が、ふいに声をかけてきた。

「はい」

爪先《つまさき》ひとつ前へ出て、義清は小さく頭を下げる。

「そなた、あとは何ができるのじゃ」

義清は、上皇の問いの意味を判じかねて、

「あと、でございますか」

そう言った。

「歌に秀《ひい》でており、馬もたくみで、鞠《まり》の上手《じょうず》じゃ。他にもまだ、たしなむものがあるのではないか」

いいえ、他には――

義清は、思わずそう答えようとした。

しかし、上皇の傍に立っている実能が、何か言えと眼でうながしている。

「弓を、いささか」

「ほう、弓か」

興味深そうに、上皇は言った。

「見たいな」

思いがけない言葉が、上皇の口から出てきた。

上皇自身も、気まぐれで口にし、その後、自分で口にした言葉に自分で気づいたのであろう。

「そうじゃ、義清、そなたの弓の腕前、見せてくれぬか――」

上皇は、自身の言葉にうなずきながら、そう言った。

「今、でござりましょうか」

「今、ここで見せよ」

そうまではっきり言われては、義清も断ることはできない。

実能がどうとりなしてくれるのかと思ったが、実能は、まんざらでもない顔をして義清を見、

「見せよ、義清」

そう言った。

まさか、本気で、今、この場で弓を射て見せよと上皇は言っているのであろうか。見せるといってもどうすればよいのか。腰に太刀を下げてはいるが、弓の用意はない。

「かしこまりました」

義清は、頭を下げた。

しかし、弓をどうするのかと思った時――

「忠盛」

上皇が声をかけた。

「は」

と声がして、後方から平忠盛が歩み出てきた。

清盛の父である。

鼻の下に、太い髭《ひげ》をたくわえており、顎《あご》が拳のごとくにいかつい。

義清にとっては、初めて見る顔ではない。清盛と共に何度か顔を合わせ、短いながら、挨拶《あいさつ》も交わしている。

「弓と矢の用意はあるか」

上皇が言うと、

「すぐに」

忠盛はうなずいた。

忠盛は、この時、四十二歳。備前守《びぜんのかみ》と中務大輔《なかつかさたいふ》を兼任していた。

忠盛が、鋭く声をあげると、

「家貞《いえさだ》っ」

「これに」

と答えて出てきた男がいた。

顔中に剛毛を生やした猪首《いくび》の男であった。

背に胡簶《やなぐい》を負い、弓を手にしている。

「弓と矢をこれへ」

忠盛は、そう言って家貞を見たが、左眼で家貞を見、もう一方の右眼で同時に義清を見ていた。

これが、なかなかにおそろしい。

忠盛は、生まれついての眇《すがめ》であった。斜視である。一方の眼が正面を見ている時に、もう一方の眼が他を睨《にら》んでいる。

家貞は、背から胡籙を下ろし、膝《ひざ》をつくとそれに弓を添えて、忠盛に差し出した。

「我が弓と矢を所望されたは、何故《なにゆえ》にござりましょう」

家貞は、忠盛に訊《たず》ねた。

訊ねるまでもない。忠盛も、家貞も、なりゆきは耳にしている。ここで問うたのは、義清に聞かせるためであった。

ただ、聞かせるといっても、家貞の身分からすれば、上皇に直接問うわけにはいかない。かといって、自分の主《あるじ》に対しても、弓と矢を渡す前に、何故か、と問うのも家臣としては道にはずれてしまう。

言われた通りに、弓と矢を渡してから問うたのは、そこを慮《おもんぱか》ってのことだ。

「上皇様が、佐藤義清殿の弓の腕を見たいとの仰せである。この弓と矢、しばし、義清に預けるが、よいか」

「もちろんかまいませぬが、しかし——」

「しかし、何じゃ」

「この弓、三人張りの剛弓《ごうきゅう》にて、めったな者には引くこと叶《かな》いませぬ」

嘯《うそぶ》くように家貞は言った。

家貞は義清を見やり、唇の端で微笑した。

試しているのか、このおれを——

義清は思った。

弓は、武士《つわもの》の命である。

それを他に貸すというのは、命を貸すのと同じである。

〝おまえの腕が、どれほどのものか〟

家貞はそう問うているのである。

この家貞と、主の忠盛には、宮中に語り伝えられている有名な話がある。

五年前——天承《てんしょう》二年（一一三二）、鳥羽上皇勅願《ちょくがん》の観音堂である得長寿院《とくちょうじゅいん》造営に際して、千体観音を寄進したのが、忠盛であった。

その功により、内昇殿が許されたのだが、その時の逸話は、義清も耳にしている。

忠盛が昇殿を許された時、貴族の多くの者たちは、これを快く思わなかった。そういう者たちの何人かが語らって、忠盛が初めて昇殿する時、襲って亡きものにしようとしたのである。

その年の十一月二十三日——

五節豊明《ごせつとよのあかり》の節会《せちえ》の夜、いよいよ忠盛が参内《さんだい》することとなった。

「忠盛を闇討ちにせよ」

という企《たくら》みありとの噂《うわさ》は、自然に忠盛の耳にも届いている。しかし、これを怖《おそ》れて参内をやめたとあっては、忠盛の恥となる。

「われ右筆《ゆうひつ》の身にあらず」

このおれは、文官ではない——忠盛は郎党の者たちを集めてそう言った。

「武勇《ぶよう》の家に生まれて、今、不慮の恥にあわん事、家の為《ため》、身の為、心うかるべし。せんずるところ、身を全うして君に仕うという本文《ほんもん》あり」

忠盛は、大きな鞘巻《さやまき》――鍔《つば》のない短刀を、無造作に束帯《そくたい》の下に差して参内した。

殿中にあがり、殿上人《てんじょうびと》たちの中に座して、忠盛は、灯《あか》りの方に向かって、用意の刀を引き抜いた。

その刃《やいば》を、忠盛は自らの左右の鬢《びん》にあてて、これを撫《な》でつけた。撫でつける度に、ぎらりぎらりと刃が光る。冷たい刃が、炎の色を映して、妖《あや》しい氷のごとき光を放った。

殿上人たちは、これに度肝を抜かれた。

これに加えて、忠盛の郎党のひとり、左兵衛尉《さひょうえのじょう》家貞という者が、殿上の前の小庭に、片膝をついて畏《かしこ》まった。

家貞、薄青の狩衣《かりぎぬ》の下に萌黄威《もえぎおどし》の腹巻きを着、弦袋《つるぶくろ》をつけた太刀を脇ばさんでいる。

蔵人頭《くろうどのとう》以下の者たちは、これをあやしみ、

「うつぼ柱よりうち、鈴の綱のあたりに、布衣《ほうい》の者の候は何者ぞ。狼藉《ろうぜき》なり。罷出《まかりい》でよ」

六位の者をやって、このように言わせた。

問われた家貞、これを待っていたかのように、周囲にとどけとばかり大音声《だいおんじょう》をあげて言った。

「相伝《そうでん》の主《しゅ》、備前守殿《びぜんのかみのとの》、今夜闇討ちにせられ給《たま》うべき由《よし》承り候あいだ、其《その》ならむ様を見んとてかくて候。えこそ罷出づまじけれ」

主《あるじ》忠盛が闇討ちにされるとの噂を耳にした、自分はその成りゆきを見届けんがため、ここにいるのである、何があろうとけして退出はせぬ――と家貞が睨《にら》んだものだから、それだけで六位の者は、横面《よこづら》を張り叩《たた》かれたようになって、その場を逃げ出した。

みごとな武者ぶりであった。

忠盛を闇討ちにせんと、潜んでいた者たちも、これに怖《お》じ気《け》をなして、この夜の闇討ちが行われることはなかったのである。

しかし、殿上人たちが、忠盛に対して企んでいたのは、闇討ちのことばかりではなかった。

いよいよ宴《うたげ》となって、忠盛も御前に召されて舞を舞うこととなった。

「次は、忠盛殿じゃ」

これは、いかに武辺の者であれ、断れない。

殿上人たち同様、音曲や歌に合わせて忠盛も舞わねばならない。忠盛も、それは承知しており、恥をかかぬ程度には稽古《けいこ》もしてきた。

しかし、音曲が始まり、忠盛が舞い始めると、これを唄《うた》う者たちが、わざと歌詞を変えて唄ってきた。

〽あれなる平氏《へいし》は
なにものじゃ
伊勢の瓶子《へいじ》は
酢瓶《すがめ》なりけり

これは、相当に意地が悪い。

平忠盛をはじめとする平氏は、伊勢の出であり、すなわち伊勢平氏である。

伊勢の国に産する焼き物に酢瓶がある。瓶子はまた徳利《とっくり》のことであり、これは酒器として酒を入れたりする。

歌は、平氏と瓶子をかけ、酢瓶と、忠盛の眇《すがめ》をかけたのである。

即興でできる歌詞ではない。忠盛に恥をかかせてやろうとあらかじめ用意していたものである。

しかし、忠盛は、これに動じなかった。

澄ました顔で舞を終えて、席についた。

忠盛も、五節《ごせつ》の節会《せちえ》でどのようなことがあるかは、あらかじめわかっていた。新参者や、気にくわない者が舞う時には、わざと歌詞を違えてこれをからかったりするのである。

かつて、大宰権帥季仲卿《だざいごんのそつすえなかきよう》という人物がいた。

肌の色あさ黒く、「黒帥《こくそつ》」という渾名《あだな》がつけられていた。

この季仲卿がまだ蔵人頭《くろうどのとう》であった時、五節の宴で舞うことがあった。この時も、唄の拍子や詞を変えられた。

〽あな黒々《くろくろ》
　黒き頭《とう》かな
　いかなる人の
　うるしぬりけむ

宮中は、陰湿な場所であったのである。

いずれにしろ、五節の宴の席など、忠盛の如き武辺の者が、長くいておもしろい場所ではない。

酒のやりとりをし、舞も舞い、ひと通りのことをすませ、頃あいを見て忠盛は退出した。

この時、忠盛は、紫宸殿《ししんでん》の北廂《きたびさし》、賢聖障子《けんじようのそうじ》の後方で、主殿司《とのもづかさ》を呼んで、腰の刀を鞘ごと抜き、何人もの殿上人の見ている前で、

「これをお預けいたす」

それを渡してしまった。

いそいそと出てきた忠盛を出迎えたのは、家貞であった。

「いかがでござりましたか」

家貞が問うのに対して、忠盛はただ、

「別《べち》のことなし」

ひと言答えただけであった。

宴で、殿上人による嘲弄《ちようろう》を受けたことをもし、この直情型の漢《おとこ》に告げたら、何をしでかすかわからないと考えたからである。

あの歌を聴かせたら、家貞は、刀を抜いて殿上まで切りのぼり、みさかいなく彼らの首を刎《は》ねてしまうことであろう。家貞はそういう男であった。

忠盛は、家貞と共に帰ったが、問題は、残った殿上人たちであった。

宴が果てた後、はたして忠盛のことが話題となった。

「それにしても、あれは、傍若無人なる者にござりますな」

「そもそも、太刀を身に帯びて公宴《くえん》に列し、しかも兵を召し連れて宮中に出入りするなどもってのほか」

「いずれも、いまだ聞かざる狼藉にござります」

「この罪科、のがれがたし。早々に殿上人としての籍を抜き、その職を解くべし」

これを聴いて、上皇は驚いた。

そんなことがあったとは、鳥羽上皇も知らなかった。

しかも、今、問題となっているのは、上皇が殿上人として引きあげてやった平忠盛のことである。

「忠盛を呼べ」

さっそく、忠盛が殿中まで呼び出された。

「いかなる理由《わけ》のあってのことか」

上皇の前で、忠盛はそう問われた。

「件《くだん》の兵は、わが郎党の、家貞と申す者にてござりますが、わたくしが宮中まで召し連れてきたものではござりませぬ」

忠盛は言った。

「さりながら、近頃宮中に、謀《はかりごと》をめぐらせて、この忠盛をおとしいれようという動きあり。これを知りたる家貞が、主《あるじ》の恥を救うため、あのような仕儀におよんだる次第。これは、彼《か》の者が自らの心にてしたことなれば、我のあずかり知らぬこと。それでも、なお罪ありと申される者あらば、次はこの忠盛が家貞を守りて闘うべし」

もちろん、忠盛は、あらかじめ自分が言うべき言葉を用意してその場に臨んでいる。直接上皇に向かって言ってはいないものの、殿中にいる皆々に向かって発している言葉であり、むろん上皇に聴こえていることも計算のうちである。てっとり早く言うのなら、芝居を演じているのである。

臣下思いの主を演ずるうちに、この忠盛の両眼からは、熱い涙が噴きこぼれてきた。

忠盛は、自らが台本《ほん》を書いたこの芝居に、酔うことのできる役者であった。

「殿上は、太刀は持ち込めぬ所じゃ。どうして、そなたはそこで、太刀を抜いたのじゃ」

そう問う者がいる。

「その儀につきましては、すでにその太刀、主殿司《とのもづかさ》に預けてござります」

あくまでも慇懃《いんぎん》に、忠盛が言えば、

「おう、そうじゃ」

「たしかに、それを見たぞ」

そう言う者たちがいる。

言われた忠盛、睥睨《へいげい》するが如くに周囲を睨み、次に、

「では、件の太刀を、ここにお持ちくだされたく、お願い申しあげます」

うやうやしく頭を下げた。

忠盛の役者ぶりも、ここに極まったと言っていい。

早速に、主殿司の者が、その太刀を持ってきて、一同の前にそれを置いた。

「では——」

と、舌鋒《ぜっぽう》鋭く忠盛を糾弾していた者が、その太刀を手に取って抜いてみれば、

「やや!?」

思わず声をあげていた。

なんと、その刀は本身《ほんみ》にあらず、木刀に銀箔《ぎんぱく》を貼《は》りつけたものであった。

「これは!?」

「いかが?」

悠然として、忠盛は言った。

太刀が、真剣でなかった以上、刀を殿上に持ち込んだという咎《とが》そのものが成立しないことになる。

これに、上皇が初めて口を開き、

「恥辱をまぬがれるために、偽の刀を用意し、しかも、後に訴えられることを思って、あらかじめその太刀を皆の前で、主殿司《とのもづかさ》の者に渡せしこと、まことにあっぱれなる心ばえ――」

手放しで、この儀を褒めた。

「また、郎党のひとりが小庭にいたことも、これは主《あるじ》を思えばこそのこと。家人としては、当然のことであり、知らなかった忠盛が、どうして罪に問われることがあろうか」

闇討ち事件が、宮中での忠盛の評判をまた逆にあげてしまったことになる。

忠盛、家貞、まことによくできた似合いの主従であった。

義清も、忠盛と家貞が、宮中でひき起こしたこの事件については耳にしている。

その家貞が、今、自らの弓と矢を差し出して、めったな者には引くこと叶《かな》わぬと、そう言っているのである。

挑戦的な物言いであった。

「どうじゃ、義清」

この弓でよいか、忠盛がそう問うてきた。

忠盛は、この事態をおもしろがっているようであった。

たとえ、それがどのような弓であれ、義清にとって、これは引き退《さ》がることのできぬ状況であった。義清は、上皇に自ら「弓をたしなむ」と口にしているのである。

「お許しあらば、家貞様の弓、お借りさせていただきます——」

義清は、迷わずに言った。

「忠盛様」

そこで、すかさず家貞が言った。

「なんじゃ」

「この弓、義清殿にお使いいただく前に、それがしが一矢《ひとや》試させていただこうと存じまするが、いかがでござりましょう」

忠盛は、これに即答せずに、上皇に視線を送った。

「おう、それはおもしろい」

上皇は笑みを浮かべ、

「許す」

そう言った。

〝試す〟とは言っても、これは家貞による、義清への挑戦であった。

時ならずして、平氏の郎党家貞と、義清との間で、弓勝負が行われることとなってしまったのである。

義清の白い頬が、桜色に染まった。

ふつふつと血の中にこみあげてくるものがあった。

この用意のよさはどういうことか。

冷静に考えれば、これが、自然ななりゆきの結果と判断もできるところである。しかし、この時、義清は冷静ではない。

〝もしかしたら、上皇は何もかも御存知《ごぞんじ》なのではあるまいか〟

そういう思考が頭を持ちあげてくる。

全てを承知で、皆で申し合わせて、自分を試そうとしているのではないか。もしかしたら、実能もぐるで、実は実能こそが、自分と女院とのことを、上皇に教えたのではないか。だが、試すといっても何を試そうというのか。

女院と契りを結んだ佐藤義清という人間が、どれほどのものか、それを試そうとしているのではないか!?

あるいは、女院も、これを承知で、どこからか、これをご覧になっているのではないか。

負けたくない。

義清は、心の中で歯を嚙《か》みしめている。

「では、的はこれじゃ」

上皇がそう言って、懐から取り出したのは、扇であった。

開くと、鮮やかな緋色《ひいろ》が広がった。

「これを、どこぞの木の枝から下げよ」

上皇が差し出したそれを、忠盛が受け取った。

「ただ、下げて、それを狙うのではおもしろうござりませぬな」

忠盛は、そう言って、向こうにある松に向かって歩き出し、その前で立ち止まり、振り返った。

舞の途中で小手をかざすように、緋扇《ひおうぎ》を頭上にかざし、

「これでどうじゃ」

忠盛は言った。

上皇、実能をはじめ、源為義も驚きの声をあげる中で、弓と矢を手にした家貞のみが平然とそれを打ち眺め、

「承知」

表情を変えずに言った。

家貞は、数歩、横手へ動き、忠盛と相対《あい》した。

その距離、およそ十二間——約二十一メートル余りである。

いくら、忠盛が家貞の腕を信頼してはいても、なかなかできることではない。万が一ということもあるし、普段は十分に扇くらいは射ることができる腕があったとしても、その扇を主の忠盛が頭上にかざしているという状況下では、緊張の度合いが違う。ましてや、上皇も横でこれをご覧になっているのである。緊張の余りに手元が狂うというのはよくあることであった。

家貞は、軽く息を吐き、そして吸った。

剛弓に矢をつがえ、引き絞った。

きりきりと音をたてて、弓が満月の如くになった。

「ほれ、ここじゃ、みごと射てみよ」

忠盛は、微笑さえ浮かべている。

ひょう、
と音をたてて、矢が疾《はし》った。

矢は、みごとに緋扇の中央を射抜き、背後の松の幹に突き立った。

見ている者たちの間から、喝采があがった。

矢を見にゆくと、その全長の半分近くまで松の幹の中に潜り込んでおり、引き抜こうとしても引き抜けなかった。

忠盛も家貞も、汗ひとつかいていない。

「みごとじゃ」

上皇は、声を高くしてそう言った。

「その扇、家貞に与えよ」

忠盛が、中央に射抜かれた跡のある扇を差しだすと、家貞は、

「なんとも名誉なこと。これは家宝とさせていただきまする」

頭を下げて、それを押し頂いた。

いよいよ、義清の番であった。

「さて、次は義清じゃ」

上皇が義清に言った。

忠盛と家貞がやった後である。すでに、ただ射るだけではすまされない状況であった。

上皇も、次の趣向を期待している。

義清の頬は、まだ桜色をしており、怒ったような顔つきになっている。

「ただいま用意をいたしますれば、しばしの刻《とき》をいただきたく――」

義清は、上皇に向かって頭を下げ、横手に向かって歩き出した。

義清のゆく方向に、孟宗竹《もうそうだけ》の竹林がある。

義清は、竹林に一歩、二歩と歩み入り、手ごろな一本の竹の前に立ち止まり、

「吩《フン》！」

腰に下げた太刀を抜き放ちざま、その竹に切りつけた。

顔の高さで竹が上下に両断され、その上の部分が、ざあっと音をたてて竹林の中に倒れ込んでゆく。

「哈《ハ》！」

また、義清の太刀が一閃《いっせん》した。

上部の無くなった竹が、今度は脛《すね》の高さで両断された。

太刀を収め、義清は下に転がった四尺（約一・二メートル）近い長さの竹竿《たけざお》を拾いあげ、それを手にして竹林から出てきた。

その光景を、遠目ながら一同が見ている。

もどってきた義清は、その竹竿を上皇に見せ、

「わたくしは、これを使わせていただきましょう」

そう言った。

見れば、竹竿は、上部が真横に、下部が斜めに切り落とされている。

みごとな切り口であった。特に、竹は斜めに切るよりも、水平に切る方が難しい。それを、義清

は、あっさりとやってのけたことになる。

「どうするのじゃ、この竹を?」

実能が訊ねる。

「こういたしまする」

義清は、その竹竿を、下部の、斜めに両断されて尖《とが》った方から地面に突き立てた。

義清は、家貞から、弓と一本の矢を受け取り、

「実能さま」

頭を下げた。

「なんじゃ」

「その竹の前にお立ちいただけましょうか——」

言われた実能、いぶかしく思いながらも、

「こ、こうか」

竹の前に立った。

「もそっとこちらへ」

義清にうながされ、実能が半歩前に出る。

ちょうど、地に立てられた竹竿の一尺半ほど前に、実能が立つことになった。

「そのまま、そこへお立ち下され。動いてはなりませぬぞ」

言って、義清は歩き出した。

実能から十二間ほど離れたところで足を止め、振り返った。

「ど、どうする気じゃ、義清――」

実能の声に、怯《おび》えがあった。

義清が、今、立った場所から、実能の背後にある竹に対して、弓で何かをしようというのであろうことは、見当がつく。

だが、何をしようというのか。

竹を射るにしても、それは実能の背後にあって、もう、義清からは見ることができない。

義清が、弓に矢をつがえ、引き絞る。家貞が作ったのと同様の円を、弓と弦が作った。

矢が、実能の方を向いた。

「義清!?」

実能が声をあげる。

「動いてはなりませぬ」

義清が言った。

先ほど、平忠盛が、家貞の弓の前に立った以上、実能もそこから逃げるわけにはいかなかった。

こうなったのも、もとはと言えば、実能自身に半分は責任がある。

他に何ができるのかと上皇に問われた時、実能が、言えと義清をうながしているのである。

義清は、実能に向けていた矢を、上へ向けた。義清は、天の一点を睨む。

できるか!?

義清は自分に問うている。

できるはずだ。あの時はできた。鴨の河原で、鰍《かじか》を救う時、小さな壁の隙間《すきま》に矢を通したのだ。

風は？
わずかに、左から右へ吹いている。
樹々の梢《こずえ》の揺れで、風を読む。
煮えたっていた血が、ふいに冷たくなった。
肉が冷えびえと澄みわたり、天にひと筋のきらめく道が見えた。
今だ。
矢を放った。
矢は、青い天に向かって吸い込まれていった。その矢が、天に呑《の》み込まれ、消えた。
落ちてくる矢は、実能には見えなかった。
実能は、自分の背後で、
かかっ、
という音を聴いただけであった。
その音が聴こえたすぐ後、
「むっ」
見ていた者たちの息を呑む気配が伝わってきた。
義清が、弓を手にしたまま眼の前にやってきて、
「実能様」
うやうやしく、声をかけてきた。
「何じゃ」

背にかいている冷や汗をさとられぬよう、威厳を持った低い声を出そうとしたのだが、それは、実能が出すはずであったものより、少し高くなっていた。

「後ろの竹竿を、お手にお取りくださりませ――」

「なに!?」

実能は、言われるままに後ろを向き、竹竿を地から引き抜いた。

「中を、おあらためくださりませ」

義清に言われて、ようやく、実能は、竹竿の中に何か入っていることに気がついた。

「まさか……」

と、手にした竹竿を斜めに傾けると、中から出てきたのは一本の矢であった。

おう、と、見ている者たちの間から、低く声があがった。

今しがた、義清が天に向かって放った矢であった。その矢が、天から落ちてくる時に、実能の背後にあった竹竿の中に入ったのだ。背後から聴こえたのは、その矢が、竹竿の中にあった幾つかの節を射抜く音だったのである。

いったん上に向かって矢を放ち、その矢で下にあるものをねらう。これは、ただ真っ直《す》ぐに、前にあるものを射抜くよりも、ずっと難しい技であった。しかも、ねらったのは、実能の背後にあって、義清からは見えない竹竿の穴である。

「みごとであった、義清」

上皇は、上機嫌であった。

「みごとじゃ」

忠盛も、称賛を惜しまない。

「やるのう、おぬし」

家貞も、義清の腕を認めざるを得ない。自身も弓を使うだけに、義清のなしたことがどれだけ難しいものかよくわかっているのである。

「義清よ」

上皇は、しげしげと義清を見つめ、

「熊野へゆく時には、供をせよ」

そう言ったのであった。

（三）

熊野進発の日は、陰陽師《おんみようじ》の卜占《ぼくせん》によって定められた。

その日がいったん決まれば、たとえ、上皇や天皇が風邪をひいてぐあいが悪くとも、よほどのことがない限り、進発日が先へのびることはない。進発日が雨であれ、決められた出発日は守られた。

保延三年（一一三七）の熊野御幸《みゆき》は、十月十日と決まった。

進発日の数日前から、上皇をはじめとして、熊野御幸へ随従する者たちは、精進のためのお籠《こ》もりをする。その精進所となったのは、上皇の離宮であった。

魚、肉、葱《ねぎ》、韮《にら》などの匂《にお》いの強いものを断ち、潔斎《けつさい》をするのである。これが、熊野御精進《ごそうじ》と呼ばれるものである。
『熊野代官聞書《ききがき》』によると、その精進は次のようなものであった。

一、産穢《さんえ》之《の》事《こと》　同人、夫も養生七ケ日の間これを憚《はばか》るべし。

一、葱　悲《ねぎにんにく》　之事　葱は他所にて食《しょく》して来る事は苦しからず。但《ただ》し奉幣の日は憚るべし。精進中食せし者は三ケ日、悲は七ケ日憚るべし。

一、蒜《ひる》之事　青三十三日憚る、辛は七十五日。

一、鹿之事　猪《いのしし》三十三日、鹿七十五日。

一、月水之事　精進の日は憚るべし、本人は七ケ日。

一、重軽服之人　憚りなし。

一、鳥、兎《うさぎ》之事　精進中取るべからず。

一、死穢《しえ》之事　別に法を守らず。

一、堂舎（寺）参詣《さんけい》之事　参詣せし本人は当日憚るべし、但し地蔵堂（有骨堂）は七ケ日憚る。

一、犬死、犬産之事

一、死穢所へ人を遣《つかわ》す事　門前までは苦しからず。

精進期間中に、わずかでもあやまちがあった場合、精進はやりなおしとなったという。

上皇の熊野御幸は、多い時で千に近い人馬を従えることもあり、時には一日の粮料《ろうりょう》だけで、十六石から四十九石になることもあった。

熊野参詣《さんけい》は、浄土への旅であり、その旅は浄土へ至るための苦行であった。深山の気の中を歩き、時に、蛭《ひる》に血を吸われ、足に血を滲《にじ》ませてゆかねばならない。

巨木、巨大なる瀧《たき》——山中をゆけば、ふいに遠く海を望む場所もあり、時に、夕陽《ゆうひ》が蒼海《そうかい》を朱《あけ》に染めて沈む雄大な風景を見ることもあったであろう。

多くの者たちが、この熊野詣《もうで》の途中で生命《いのち》を落としている。

実際に都から那智の地までたどりつき、そこで天より流れ落ちてくるかと思える瀧を見れば、仏門の徒でなくとも、法悦がこみあげてきたことであろう。

「感涙禁じ難し」

後に後鳥羽上皇の熊野御幸に随従した藤原定家《ていか》は、『明月記』にこのように記している。

進発前の前行として、上皇やそれに供奉《ぐぶ》する者たちは、御精進屋《ごそうじや》に入御して、熊野曼荼羅《まんだら》を前に『般若心経』を誦《じゅ》した。

出発は〝鶏鳴《けいめい》の刻《とき》〟であった。

寅刻《とらのこく》——午前四時頃に、鶏の代役をつとめる者の、

「カケコー」

の声と共に、出発をする。

義清《のりきよ》たちが出発した時も同じである。

あたりは、まだ夜といってよい暗さであり、その中を、松明《たいまつ》をたよりに歩く。

この時、鳥羽上皇は、白装束の山伏姿であった。

白生絹《しろすずし》の狩衣《かりぎぬ》に袴《はかま》、白い脛巾《はばき》に藁履《わらぐつ》——手には杖《つえ》を持ち、生絹の小袈裟《けさ》を身につけた。

順路は、まず屋形船で桂川、淀川を下り、渡辺の浜、窪津《くぼつ》で陸へあがり、ここから歩いたのである。

（第二巻へ続く）

［初出］
「序の巻　精霊の王」～「巻の九　熊野道」　朝日新聞朝刊２００６年12月22日～２００７年7月5日
＊単行本化にあたり、加筆修正しました。

夢枕 獏（ゆめまくら　ばく）
1951年、神奈川県小田原市生まれ。
77年に作家デビュー後、〈キマイラ・吼〉〈魔獣狩り〉〈闇狩り師〉〈陰陽師〉シリーズ等人気作品を発表し、今日に至る。『沙門空海唐の国にて鬼と宴す』『東天の獅子』など、著書多数。89年『上弦の月を喰べる獅子』で、第10回日本ＳＦ大賞を、98年『神々の山嶺』で第11回柴田錬三郎賞を受賞。さらに『大江戸釣客伝』で、2011年に第39回泉鏡花文学賞、第５回舟橋聖一文学賞、2012年に吉川英治文学賞を受賞。日本ＳＦ作家クラブ会員。
公式ホームページ：蓬萊宮
（http://www.digiadv.co.jp/baku/）

宿神《しゅくじん》　第一巻《だいいっかん》

二〇一二年九月三十日　第一刷発行

著　者　夢枕《ゆめまくら》　獏《ばく》
発行者　市川裕一
発行所　朝日新聞出版
〒一〇四-八〇一一　東京都中央区築地五-三-二
電話　〇三-五五四一-八八三二（編集）
〇三-五五四〇-七七九三（販売）
印刷製本　凸版印刷株式会社

ISBN978-4-02-251002-0
定価はカバーに表示してあります。
落丁・乱丁の場合は弊社業務部（電話〇三-五五四〇-七八〇〇）へご連絡ください。
送料弊社負担にてお取り替えいたします。

朝日新聞出版の本

夢枕 獏
天海の秘宝　上・下
江戸の街に「不知火」を名乗る凶盗一味が跋扈《ばっこ》し、〝宮本武蔵〟と名乗る辻斬りも出没、さらに言葉をしゃべる犬が徘徊していた。異能のからくり師・法螺右衛門は探索を始めるが……。剣劇あり、伝奇あり、妖艶あり、奇想満載の本格時代巨篇！

四六判／新書判

夢枕 獏
キマイラ　1〜9（以下、続刊）
伝奇、格闘技、幻想、冒険、恋愛などエンターテインメントのあらゆる要素が入った大河巨篇。実質のデビュー作であり、現在も執筆継続中の長篇小説。己のうちに幻獣・キマイラを秘めた二人の青年、大鳳吼と久鬼麗一の運命の出会いから物語が始まる。

新書判

夢枕 獏
キマイラ青龍変〈キマイラ別巻〉
己の内に「獣」を秘めた二人の青年を描く、著者入魂の大河伝奇小説「キマイラ」。その中の重要な登場人物である龍王院弘が、卑屈な少年から、いかにして非情にして美貌の格闘家になったかを描く、読み切りのアナザー・ストーリー。

四六判／新書判

夢枕 獏&天野喜孝

鬼譚草紙

夢枕獏が書き、天野喜孝が描く、戦慄のコラボレーション。鬼と人が交わり、人が鬼と化し、鬼が人を喰らう。魑魅魍魎が跋扈する平安の都を舞台に、当代一の物語作者と世界的イラストレーターの想像力が紡いだ、妖艶で蠱惑的な物語絵巻。 文庫判

山本兼一

銀の島

ポルトガル国王の密命「石見銀山占領計画」を帯びて来日した司令官バラッタは、宣教師ザビエルに帯同し日本に潜入するが……。迫りくるポルトガル大艦隊、迎え撃つは倭寇の大海賊・王直船団! 世界的なスケールで描く、戦国時代活劇巨篇!! 四六判

葉室 麟

柚子《ゆず》の花咲く

「生きていることが辛いと思える時、私たちには葉室麟の小説がある」。縄田一男氏も称賛の傑作長篇時代小説。恩師殺害の真相を探るべく、青年藩士・筒井恭平は隣藩への決死の潜入を試みる――愛とは、学ぶとは、生きる意味とは何かを問う! 四六判

乾 緑郎

忍び外伝

第二回朝日時代小説大賞を選考委員満場一致で受賞。伊賀の上忍・百地丹波によって一流の忍者に育てられた文吾は、己が忍びであることに思い悩む。やがて北畠（織田）信雄率いる大軍が伊賀に迫る！　究極の忍者エンターテインメント！

四六判

乾 緑郎

忍び秘伝

朝日時代小説大賞&「このミス」大賞W受賞作家の受賞第一作！　天下を左右する〝兇神〟をめぐり、若き日の真田昌幸と可憐な歩き巫女の少女が、謎の忍者・加藤段蔵に挑む！　さらに異形の軍師・山本勘助も登場!!　書き下ろし時代エンターテインメント。

四六判

小前 亮

姜維伝《きょういでん》

諸葛孔明の遺志を継ぐ者

『三国志』の英雄・諸葛孔明から才能を高く評価され、後継者として国を託された男がいた。その名は姜維。祖国を支え、強大な隣国の侵攻にいかにして立ち向かうのか。国民的名著『三国志』の知られざるラストシーンを詩情豊かに描く中国歴史小説。

四六判

小前 亮

天涯の戦旗　タラス河畔の戦い

唐の西域遠征軍を率いる高仙芝は、名将の誉れ高い人物だったが、遠征中にある国で虐殺事件を起こす。突然の蛮行に疑念をいだく副将の李嗣業だったが、軍はさらに西へと版図を広げ、勃興するイスラム帝国と衝突の時を迎える――。

四六判

森岡浩之

夢のまた夢　決戦！大坂の陣

豊臣時代――戦乱の中、孤児となった少年が大坂城に上がり、秀頼の指揮下、徳川勢に果敢に立ち向かった。だがこれはどこまでが史実だろうか。私は綿密な検証を始めたのだが……。緻密な設定と意外な展開の傑作時代エンターテインメント。

四六判

田中芳樹

纐纈城綺譚《こうけつじょうきたん》

栄華の果てを迎える大唐帝国。その首府、長安で売られる不吉な赤い布。その正体を知った男たちは、義侠の心に燃え、怪異の城へ向かう。選び抜かれた時代と人物で中国歴史小説の神髄を極めた、定評の痛快活劇。

文庫判